Le chant du ressac

Paulette ABBADIE

Le chant du ressac

Préface de Pierre RABHI

L'Harmattan

© L'Harmattan, 2000
5-7, rue de l'École-Polytechnique
75005 Paris – France

L'Harmattan, Inc.
55, rue Saint-Jacques, Montréal (Qc)
Canada H2Y 1K9

L'Harmattan, Italia s.r.l.
Via Bava 37
10124 Torino

ISBN : 2-7384-9518-4

Je dédie ce livre à
la Femme.
Seule. Chacune affronte sa solitude avec ses propres armes.
Chaque combat, dans sa diversité, mérite respect et
considération.

A ma fille, pour ce combat imprévu et douloureux
qu'elle va mener à son tour.

Préface

Qui peut prévoir ce que réserve un simple coup de téléphone ? Par exemple, vous décrochez pour entendre la voix d'une inconnue, en l'occurrence Paulette Abbadie, vous faire part de son désir de vous aider, de collaborer avec vous. Dans un premier temps, à la gratitude se mêle de l'agacement car il ne se passe guère de jours sans que ce genre de proposition vous parvienne, vous harcèle même. Aider à des tâches bien déterminées peut être facile, l'acte est rationnel, comporte des résultats quantifiables, mais aider à l'amélioration de la condition humaine relève d'une tout autre logique. Cette logique fait appel à des critères sans lesquels les plus grandes compétences peuvent être mises en échec. C'est ainsi que la communauté humaine qui enregistre des performances technologiques sans précédent, qui dispose de pouvoirs et de moyens considérables, est en échec pour répondre à des besoins aussi simples que nourriture, vêtements, abris, soins, instruction pour tous. Pire, ce qui était censé résoudre tous les problèmes - la science, le progrès, la modernité - se révèlent être les causes de détérioration d'une terrifiante amplitude, tant au niveau des fondements de la vie que de la communauté humaine dont l'avenir est des plus incertains.

C'est ainsi que s'est produite cette fracture irréductible entre les pays dits développés et les non développés. C'est ainsi que de nombreux enfants naissent au monde pour aussitôt entrer en agonie, par manque de ce qui permettrait à leur vie de prendre son essor, et cela est d'autant plus intolérable que le continent africain, pour ne citer que lui, est immensément riche et modérément peuplé (800 millions d'individus). Un monde où la cupidité, la violence, la corruption, le pillage, les pollutions, les guerres intestines, les rivalités de clans, de religions, de nations, les compétitivités économiques et tant d'autres intégrismes prennent une sorte de prépondérance, n'est pas un bon terreau pour l'épanouissement des vies et de la vie.

C'est ainsi que tous ceux qui ne peuvent souscrire à cet "ordre" du monde, soit le subissent, soit tentent modestement de l'infléchir, d'y instiller un peu d'éthique et d'humanisme avec l'espoir de contribuer à sa transformation. Dans cet engagement pour un mieux-être partagé, nous avons voulu avec l'agroécologie nous dévouer prioritairement à la terre nourricière, seule vraiment garante de la sécurité alimentaire et donc de la survie des populations. Cette problématique concerne avant tout le paysan, celui qui, de la glèbe, extrait ce qui permet à tous de continuer d'exister. Cela est trop banal pour être compris comme un fait irrévocable, méritant l'attention la plus aiguë et les actes les mieux ajustés, car il en va de tout l'avenir de l'humanité.

C'est pour répondre à cette exigence qu'a été fondé le centre de formation à l'agroécologie de Gorom Gorom, dont il sera en partie question dans le *Chant du Ressac*. En dépit d'un temps de fonctionnement assez court, l'agroécologie concerne aujourd'hui de 40 000 à 50 000 paysans au Burkina Faso, sans compter les nombreux autres pays qui en ont bénéficié. L'agroécologie, mise à l'épreuve des faits et des résultats, se campe de plus en plus comme l'alternative la plus réaliste pour un monde paysan en crise, au sein d'une crise à l'échelle du monde.

Paulette Abbadie, on l'aura deviné, nous a rejoint dans cette action, et le coup de téléphone devait se révéler être le point de départ d'une aventure partagée. Qui dit aventure dit chemins inconnus aléatoires, avec des embûches, des succès et des échecs. Les conditions géographiques, climatiques, les différences de cultures, d'organisation sociale, le climat politique, tout cela et bien d'autres facteurs ont constitué le soubassement et le contexte de cette aventure paradoxale dont Paulette Abbadie rend, avec sensibilité et précision, quelques séquences majeures. Nous avons été, en l'occurrence, témoins de sa détermination lors des turbulences les plus rudes.

Le Chant du Ressac n'est cependant pas limité à la description d'une aventure concrète, aussi importante soit-elle. Il est le témoignage d'une vie tout entière à laquelle le courage sans cesse sollicité, sans cesse renouvelé, a servi d'axe. Par sa capacité à faire face, à ne pas abdiquer sans pour autant céder à l'agressivité ou à la violence, Paulette Abbadie incarne le courage féminin tel qu'il existe dans le monde, ce courage qui, sans bruit ni tapage, au Nord et au Sud, permet à la grande communauté humaine d'infléchir un masculin qui ne sait probablement pas être sans antagonisme et volonté de puissance. *Le Chant du Ressac* se livre au lecteur comme une méditation où réflexion, souffrance, action, sensibilité et générosité constituent une fresque authentiquement humaine où chacun avec des nuances peut se reconnaître un peu. Un merci très personnel à Paulette pour le soutien et la sollicitude dont elle m'a honoré.

Pierre RABHI, Montchamp, janvier 2000

Des rayons déjà chauds filtrent entre les aiguilles des grands pins maritimes, des gousses de genêts craquent au soleil, un claquement sec... une pigne tombe, des mésanges bavardent dans les touffes d'arbousiers. Mollement allongée sur la terrasse, Claire savoure ces bruits familiers, jouit de la douceur du soleil sur ses bras nus au sortir de l'hiver.

Les yeux fermés, sa terrible imagination reprend le dessus. Daniel, dans ce décor, allongé près d'elle. Son bras inconsciemment se tend, sa main cherche la main aimée pour la presser et retrouver ce refuge, cette présence tant désirée. Ses paupières se soulèvent lentement.

Rien.
Personne.
La terrasse vide.

Toujours ce néant insupportable... Refermons vite les yeux. Tout doucement la haute silhouette se profile à nouveau... une caresse, un souffle dans ses cheveux *"Claire, ma chérie..."*. C'est bon, c'est apaisant... Il est là, le cauchemar a disparu. Son odeur, le goût de ses lèvres fines sur les siennes, sa grande et forte main qui enserre ses doigts menus, une vague de désir qui la submerge, agite imperceptiblement son corps sevré... *"Maman, tu dormais ?"* L'enchantement a pris fin, brutalement. *"Non, je me reposais."* - *"Il fait si beau, tu as bien raison. Paul et Jane m'attendent, nous allons faire un tour en bateau. Ne t'inquiète pas."*

Un tourbillon de cheveux blonds, une belle fille fraîche, une peau dorée, deux baisers sonores et déjà le portail a claqué. Va, ma chérie, jouir de tes dix-huit ans, de la vie qui te porte.

Ses dix-huit ans à elle... La guerre, l'occupation, mais l'espoir malgré tout que donne la jeunesse. Qui de nous n'a puisé dans cette sève qui monte une volonté farouche de vie et de bonheur ? Et puis Daniel, ce grand garçon un peu timide, discret, racé qui respire la bonté et la droiture. Daniel, dans leur groupe de jeunes, si simple et pourtant si supérieur aux yeux de tous, dont chacun recherche la compagnie...

Les souvenirs ressurgissent, et plus rien ne viendra les troubler jusqu'en cette fin de soirée où les ombres s'agrandiront, où les genêts se tairont, où un vent plus frais l'obligera à quitter sa terrasse. Sa fille reviendra. Claire écoutera son hymne à la vie. Il sera question de voiles, de paquets d'eau, d'air vif, de sel sur les lèvres, d'écume, de griserie dans le vent, du bonheur enfin de découvrir des plaisirs nouveaux pour elle sur ce Bassin d'Arcachon où Claire a choisi de se retirer.

Alors la maison vivra à nouveau, sa voix si pure s'élèvera sur quelques accords de guitare, elle l'écoutera, le cœur serré de ne pouvoir l'entendre avec lui, de jouir ensemble de cette grande fille que leur amour a construite.

Bientôt, une fatigue saine anéantira ce jeune corps et un silence glacial retombera. Une femme seule, voilà ce qu'elle est depuis peu, privée de l'amour de Daniel qui l'avait choisie, elle, parmi toutes les autres, et à qui elle s'était donnée tout entière, avec ferveur, bousculant sans remords les préjugés d'une éducation bourgeoise.

Quatre longues années de guerre, de misère, de privations, de peur durant lesquelles elle avait connu avec lui les heures les plus riches de sa vie, loin du martèlement lancinant des bottes allemandes, dans la nature, où elle embrassait avec amour ses mains noircies par ce travail obligatoire si odieux.

La douceur de sa voix qu'elle écoutait sans se lasser et surtout sans l'interrompre pour ne pas briser le charme... Et leurs regards éperdus au moment de leurs séparations qui devenaient chaque fois un peu plus intolérables. *"Tu verras"*, lui disait-il, *"la guerre finira, nous ne nous séparerons plus jamais, je te ferai la plus belle vie qu'une femme puisse imaginer, nous serons riches de notre amour..."*

Après avoir suivi jusqu'à disparition la silhouette aimée, elle emportait dans le tramway cahotant, le souvenir des heures merveilleuses et l'écho de ses paroles qui lui permettraient d'attendre la prochaine rencontre... Elle se retrouvait fréquemment assise près d'une capote verte, celle de l'occupant qu'elle haïssait, omniprésent dans sa vie, qui retardait son bonheur.

Cet occupant avait envahi son univers. Elle avait vu son entrée victorieuse dans Bordeaux, immobilisée, terrorisée dans un tramway à l'entrée du Pont de Pierre. Elle avait dû suivre du regard, la rage au cœur, les officiers dans leurs jeeps, gonflés d'importance, carte sur les genoux, tandis que les Bordelais s'agglutinaient à l'entrée du pont. Elle avait eu honte quand un policier français, débordé par la foule, s'était vu brutalement écarté par un officier allemand qui lui avait arraché bâton blanc et sifflet et s'était mis à canaliser ces badauds inconscients. L'armée d'occupation passait sous l'antique Porte des Salinières, véritable arc de triomphe ! Des images éternellement gravées dans sa mémoire.

Et la guerre prit fin, les prédictions de Daniel se réalisèrent, la vie s'ouvrit pour elle, belle, prometteuse. Elle avait tout ce qu'elle désirait : l'amour, l'intelligence, l'esprit et le cœur, car elle n'aurait pas conçu l'amour sans ces trois attributs. De longues années, ce bonheur dura. Puis un jour, tout se brisa et elle vit partir avec un désespoir infini cette précieuse harmonie... Un bruit léger la fait tressaillir. Ce n'est qu'une branche de pin, bercée par le vent, qui caresse le volet de bois.

Cela a suffi pour retrouver la réalité qu'elle se refuse toujours d'accepter, le lit vide où elle entrevoit encore son grand corps détendu et confiant contre lequel elle aime se nicher et s'endormir, tendrement enlacés...

Qui clamera ce chagrin, ce désarroi, ces sanglots d'un amour brisé que rien ne peut retenir dans le silence et l'angoisse de la nuit ? La nuit qui exacerbe la souffrance, la nuit qui enveloppe la solitude d'une chape de glace. Qui comprendra que le sommeil n'apporte que des rêves tourmentés auxquels succèdent des réveils dont la réalité impitoyable vous frappe de plein fouet ?

*

La mer s'est lancée à l'assaut du rivage cette nuit, le sable est humide jusqu'au pied des marches qui descendent sur la plage. Lasse de son effort, ce matin, elle se détend, s'étire, calme et pure, découvre ses îlots de sable brun, riches de trésors iodés, paradis des mouettes, ce sable brun gorgé d'eau qui va blondir au gré du soleil. Claire aime le contact avec la mer, ces visions qui l'apaisent, ces odeurs qui la grisent. Chaque jour davantage, elle apprécie le choix de son refuge après le terrible bouleversement de sa vie.

Là-bas, loin du rivage, la langue brune du grand banc émerge, la ronde des ailes blanches a commencé : pique, pique, la vie, la vie offerte, vivante, pour un festin surgi des profondeurs océanes.

Une mouette, brusquement rassasiée peut-être, dans un battement d'ailes s'envole vers les passes... Claire suit dans le ciel pur sa mystérieuse destination, et soudain, ce même ciel pur à l'aéroport de Mérignac où elle suivait le point noir qui fondait peu à peu dans l'azur, emportant sa fille, sa compagne de deux ans de solitude, au milieu d'un immense désespoir...

Ce départ qu'elle savait inéluctable, sa grande et belle fille devenue femme, une métamorphose à laquelle Daniel n'a pas assisté. Ce départ se concrétisait un peu plus chaque jour... permis de conduire, essor qui l'éloignait d'elle, lui ôtait le plaisir égoïste de la dépendance. Une soif si grande de liberté qu'elle comprenait mais qui lui faisait si mal. Ses angoisses qu'elle lui taisait. Saurait-elle faire face à cette absence insoutenable ?

Et pourtant, elle savait que la vie devait suivre son chemin, inexorablement. L'envol des enfants est inévitable. Elle devait l'accepter, même seule.

Alors son esprit voyage vers son fils, jeune papa, et son enfant qui dit parfois *"papy"*, mot si doux qui la déchire. Ce petit bonhomme adore ses vacances dans la maison de Claire. Il suit en courant les franges d'algues vertes qui ourlent la plage à chaque marée. Elle aime ses éclats de rire quand un ressac lui éclabousse les jambes, ses grands yeux étonnés lorsqu'une mouette criarde coupe net son élan, pique, disparaît sous l'eau en un éclair pour ressortir en s'ébrouant dans un nuage de plumes neigeuses...

Ils s'extasient ensemble d'une nacre d'opale lovée dans un écrin d'algues. Ils récoltent la moisson de coquillages que la marée abandonne, emplissent le petit seau de miniatures délicates, formes parfaites qui ornent ses châteaux de sable, constructions éphémères qu'il prend plaisir, chaque jour, à rebâtir... Ses présences épisodiques sont un baume bienfaisant. Mais cet enfant-là n'est pas le sien et elle retrouve toujours, après son départ, un chagrin qui n'en finit pas.

Après les journées de classe qui occupaient sans répit son esprit, sa conscience, son temps, lorsque la sonnerie avait fait s'égailler toutes les jeunes têtes blondes et brunes, une angoisse la saisissait... Alors vite, elle partait en voiture sur ce chemin au bout duquel elle recevait le Bassin. Tantôt miroitant au soleil, tantôt pris de frénésie dans la tourmente du vent, peu lui importait. Il était là. Eternellement présent à son appel. Et si le soleil se jouait à travers les aiguilles de pin, si le sable doré semblait une invite, elle le foulait de ses pieds nus, jouissant d'une plage souvent déserte où son esprit vagabondait en paix.

Il arrivait parfois qu'un regard éphémère croise le sien. Elle aimait jouer avec certains, souhaitant qu'ils se suspendent pour le plaisir... pour le désir de plaire.

Elle revivait particulièrement cette soirée au cours de laquelle elle avait joué avec un regard qui s'était prolongé. Cette présence masculine à ses côtés, ces paroles échangées, ces yeux rieurs. Elle avait accepté que cet homme la suive jusque chez elle, le cœur battant. Dans le rétroviseur, la petite voiture verte épousait sa propre route pour venir se ranger auprès de la sienne. Puis le mensonge avait jailli : *"N'insistez pas, Monsieur, mon mari et ma famille m'attendent..."*. Mensonge irraisonné qui l'avait un peu interloqué, mais n'avait nullement altéré sa gentillesse. Une poignée de main chaleureuse, des yeux pleins de douceur avaient ponctué cette brève rencontre. Elle avait retrouvé sa solitude... mais une étincelle l'avait réchauffée. L'absence de Daniel s'était faite un peu moins pesante, elle avait réalisé que son désir de femme pouvait se partager à nouveau. Elle reprenait un peu confiance.

Il lui arrivait de souhaiter le revoir, elle cherchait confusément sa silhouette. Il avait disparu. Avait-il senti une femme un peu lasse ? Un couple qu'il ne voulait pas détruire ? Avait-elle eu raison de mentir ?... La belle image s'estompa.

Sa mémoire la ramenait quelques années en arrière, dans ce petit port niché dans les méandres de la presqu'île de Crozon. Le piaillement des mouettes autour des langoustiers l'avait réveillée. De la fenêtre de son hôtel, elle découvrait un matin lumineux, le tintement des mâts, le claquement des voiles, l'odeur violente du goémon, les bateaux amarrés oscillant lentement dans la marée montante. Elle avait conduit sa fille qui devait passer quelques jours de vacances chez des amis bretons. Elle l'avait laissée, le cœur serré. Puis sa route l'avait menée, à la nuit tombante, dans un petit hôtel. Le soir, au restaurant, seule, elle n'avait pu supporter longtemps les couples heureux, leurs rires et leur tendre complicité, les regards qui se portaient vers elle, étonnés, inquisiteurs. Le regard se porte si facilement sur ce qui n'est pas dans la normalité des choses.

Elle était sortie précipitamment, préférant les quais, le clignotement des fanaux sur les bateaux de pêche, les odeurs suffocantes de poisson frit, au passage de petits bars bruyants, ou celles du goémon gorgé du soleil de la journée, cherchant la solitude dans l'ombre de cette vie nocturne qui sourdait de toutes parts. Elle avait regagné, plus calme, son havre de paix, connu d'elle seule. Là, personne au monde ne s'inquiétait d'elle...

A l'aube, elle ne pût résister à l'appel de la frénésie qui agitait déjà le port, du départ des chalutiers au milieu d'un concert de cris, d'appels, de sirènes nasillardes... Elle avait joui de toute cette vie, de l'affairement de la foule, du spectacle des premiers bateaux franchissant l'étroit passage pour aller se fondre dans l'océan dont les ressacs se brisaient sur les perrés du port.

Près de l'église miniature où ses pas l'avaient menée, un pêcheur solitaire préparait ses hameçons. Surpris de cette rencontre matinale, il l'aborda sur un ton badin qui l'amusa et la mit tout de suite en confiance. *"Bonjour petite Madame. Seule?" "Et oui !" "Quel dommage ! Vous venez de loin ?"* Et la conversation s'engagea, amicale et simple...

Combien elle avait apprécié sa plaisanterie, le bonheur de s'épancher un peu, une écoute attentive. Moment privilégié trop court pour elle, elle, dont le temps ne comptait pour personne... Et puis, un peu brusquement : *"Il faut que je rentre, ma femme va s'inquiéter. Bon retour, bon voyage, soyez prudente. Au plaisir de vous revoir un jour peut-être...*" Femme heureuse dont le mari s'inquiétait... Heureuse ? Sait-on apprécier le bonheur ? Faut-il en être privé pour comprendre la place qu'il tient dans notre vie ? Et lui revinrent alors en mémoire quelques paroles d'une chanson de Jacques Brel :

> *Pourquoi crois-tu la belle*
> *que les marins du port*
> *vident leurs escarcelles...*
> *... pour un peu de tendresse.*
>
> *Pourquoi crois-tu la belle*
> *que monte ma chanson*
> *vers la claire dentelle*
> *qui danse sur ton front*
> *penché vers ma détresse*
> *.... pour un peu de tendresse.*

Tendresse... ce mot si doux dont elle repaissait son esprit et dont l'absence lui était intolérable... Et tandis que le dernier bateau passait le long du phare, tandis que la silhouette du pêcheur se perdait dans le dédale des petites rues, elle griffonna sur un bout de papier...

> *J'ai besoin...*
> *J'ai besoin d'un peu de tendresse, d'un geste, d'une main qui se pose, d'un sourire complice et d'un peu de chaleur...*
> *J'ai besoin d'une ombre auprès de moi, autour de moi...*
> *J'ai besoin d'être deux pour penser et pour vivre*
> *J'ai besoin de poser ma tête sur une épaule*
> *J'en ai besoin si fort*
> *que deux larmes couleraient*

si cela se faisait...

Bout de papier précieux qu'elle avait enfoui au fond de son sac. Ecrit qui l'avait soulagée. Ecrire sa douleur, peut être était-ce déjà la maîtriser ? Elle confiera désormais ses pensées à son journal intime, son confident. Celui-ci lui apportera la paix quand son cœur sera trop lourd. Ecrire quand personne n'est plus là pour vous écouter. Dire ce qui vous étouffe, élans du cœur, moments vécus, tranches de vie. Préserver la mémoire.

*

La débâcle de son foyer... Combien elle la ressent dans cette matinée fraîche où les arbouses déjà rougissantes annoncent un automne précoce et venteux.

Daniel encore si présent à son esprit. Les enfants qui reviennent sans cesse vers son foyer, refuge de vies écartelées. Vies qui se cherchent, foncent, reculent, tombent, rebondissent. Chacun y vient, s'y ressource. Claire, femme pivot toujours présente, amortit les chutes. Claire, qui aurait tant besoin d'un havre pour elle-même et sa douleur, qui a l'impression de tout donner et de ne rien recevoir. Puis un jour, un petit mot griffonné, sous la porte : *"Ne changez pas, Claire. Restez dans ce monde de sable et d'eau où vous avez choisi de vivre. C'est chez vous que l'on se sent bien, vous et votre indulgence."*

Oui, elle y reste et y restera dans ce monde de sable et d'eau où la tempête qui se précise la mène vers les rives tourmentées. Elle marche, seule sur la digue, elle marche contre le vent, contre la vie qui l'oppresse, qui l'épuise... Elle arrivera néanmoins au bout de cette digue, elle aura vaincu, triomphé en dépit d'une progression haletante, signe de sa rage de vivre.

Alors, tournée vers le Bassin glauque sous un ciel de plomb, bouillonnant aussi loin que les yeux se portent, ce Bassin qui se mesure à l'océan proche, elle suit la course folle des vagues. Elles galopent, poussées par un vent violent, arrivent en tous sens, se croisent, se mélangent en des flots écumeux dans un grand chambardement et s'écrasent enfin sur le sable repu d'eau qui les refoule en geysers miniatures.

Puis, aspirées par un souffle monstrueux, elles repartent vers d'autres aventures, au gré du vent puissant qui prend plaisir à rompre l'équilibre naturel d'un lieu pourtant si protégé.

Rebroussant chemin, portée cette fois par le vent qui la pousse sans mesure, elle suivra le vol des planchistes grisés dans leurs courses folles, papillons multicolores rasant l'eau, piquant, rebondissant, chutant, repartant à l'assaut, ivres de vent et d'eau, hommes marchant sur l'eau... dompteurs des éléments...

Cette folie s'harmonise si bien avec ses propres tourments, les errances de sa vie et des siens, qu'elle en est angoissée. Cette similitude l'émeut et l'oppresse. Elle sait, toutefois, que demain, la houle ne sera pas encore apaisée. Un ressac bruyant agitera la frange écumeuse de la plage, quelques nuages s'accrocheront encore au ciel qui se nettoiera... elle trouvera sur la plage un cortège de débris hétéroclites, souvenirs du grand chambardement. Mais elle sait aussi que, bientôt, elle retrouvera un azur très pur et les fines lignes concentriques sur le sable humide, à marée basse, signe de la normalité revenue.

Et comme la nature est sa croyance, elle puise en elle espoir et force. Elle écrira longuement, ce soir, avant de s'endormir.

*

    Claire adore marcher sur le sable vierge, le matin, quand la mer s'est retirée et que la pointe des bateaux tournée vers l'intérieur du Bassin lui confirme qu'elle pourra le fouler quelques heures, sans danger. Vierge, pas toujours, il est vrai, des pas ont parfois précédé les siens... Elle aime leurs empreintes, imagine y déceler des personnalités diverses : candeur d'un pied nu d'enfant, lourdeur de celle-ci qui écrase le sable à chaque avancée. Lourdeur du pas ? Lourdeur de l'être ? Délicatesse de cette autre qui se modèle avec élégance et finesse et dans laquelle on devine toute la souplesse d'un corps léger... Légèreté de l'être ? Légèreté de l'âme ? Pas qui se croisent, se côtoient, s'écartent, se retrouvent... Elle aime les contourner, se glisser entre eux, y mêler les siens, se retourner pour en voir les dessins, jouer avec la vie qu'elle se dit représenter, rencontres, fuites, hésitations, retours... Les rencontres de sa vie, contre lesquelles elle ne s'insurge plus, qui rassurent la femme en elle. Au retour d'un voyage au cours duquel elle avait retrouvé un peu de tendresse qui lui manquait tant, ne s'était-elle pas surprise, seule dans sa voiture, à fredonner une mélodie revenue sur ses lèvres comme au temps de son bonheur ?

    Et Daniel toujours présent, dans son cœur, dans son esprit, dont elle se croit libérée mais qui ressurgit à certains gestes, à certaines attitudes. Ce qu'elle avait perdu, pourrait-elle s'en défaire un jour ? Désir d'oubli, désir de souvenance, sentiments qu'elle ne peut encore dissocier !

    En fin de semaine, dès qu'elle en avait le loisir, elle prenait vite la route, poussée par un désir très fort de rejoindre une maison amie où ils allaient souvent, tous les deux. Elle savait qu'on y parlerait de lui, sans haine ni passion agressive, juste comme elle le souhaitait. On rappellerait les souvenirs qu'elle aimait... des gens sensibles qui la comprenaient. Avait-elle tort de se raccrocher aux rappels de son bonheur ? Peu lui importait, elle se laissait guider par son instinct, n'admettant aucun conseil, prenant seule ses décisions...

Liberté. Une sensation nouvelle pour elle. Liberté de ses pensées, liberté de ses actes. Aucun compte à rendre. A personne. Prix gagné sur sa souffrance. Une force montait en elle qu'elle défendrait jalousement.

*

Ciel pur, mer sereine, dégradé de bleus, reflets changeants, horizon à peine ouaté d'une légère brume où s'estompent les rivages lointains. Une de ces matinées fraîches de printemps où le silence et la solitude invitent à s'arrêter pour laisser monter l'émotion qui vous étreint devant ce spectacle offert. Pas le moindre ressac écumeux, pas le moindre nuage égaré, une beauté virginale, un moment exceptionnel que Claire a le privilège de saisir en cette heure matinale.

Peu à peu, les langues de sable s'allongent au loin, les proues des bateaux amarrés s'orientent imperceptiblement vers le fond du bassin, les baïnes en bordure s'agrandissent, laissant deviner que les travailleurs de la mer vont bientôt profiter de la marée descendante pour troubler cette virginité. Bientôt, le bruit régulier et lent d'un moteur lui fera découvrir le premier chaland, en route vers les parcs à huîtres du Banc d'Arguin. Chargé à l'avant, cahute blanche à l'arrière, le maître à bord, debout, en éveil, suit les balises familières, qui jalonnent sa route, à l'affût des dangers, s'écartant des lambeaux de sable qui affleurent.

Claire suit sa marche lente et le sillon d'écume qui l'accompagne. Comme elle souhaiterait que sa vie ressemble à cette ligne régulière qui s'étire, rythmée par le ronronnement lent du moteur, vie paisible et sans à-coups. Non, la sienne ressemble davantage au creux tourbillonnant d'écume qui suivra ce soir le chalutier rentrant au port, lourdement chargé, accompagné par une bande de mouettes criardes, à l'affût du festin. Les ailes noires des soucis ne peuvent la laisser en paix.

Tandis que le chagrin du départ de son petit bonhomme se calme peu à peu, apaisé par quelques échos heureux de sa nouvelle vie lointaine, tandis que Daniel devient moins présent dans son cœur, son tourment se porte maintenant vers sa fille. Sa fille, partie, revenue, repartie loin d'elle. Ses courriers de plus en plus fréquents laissent transparaître un mal de vivre. Une solitude de cœur, qu'elle comprend si bien, la révolte, lui arrachent des larmes. Sa fille, si belle, si jeune souffre déjà... Non, Claire ne peut admettre cela. Sa fille est partie avec ce compagnon chez qui Claire a cherché, vainement, une étincelle d'amitié.

Quelques jours plus tard, son esprit se perd au loin dans les bruits du ressac environnant. Les dernières lettres confirment un pressentiment qui l'avait effleurée : sa fille allait être maman. Claire serait grand-mère ! Seule, toujours, ne pouvant partager un sentiment très fort qui l'étreint...

Puis une décision soudaine, née d'une force irrésistible qui la pousse. Elle sent sa fille se dédoubler en cet instant... Deux enfants à aimer, à défendre. Elle leur veut une vie heureuse, heureuse grâce à son soutien total. Claire, femme pivot une fois encore, moins perdue dans sa tristesse à présent, plus forte, elle sera auprès d'elle... si sa fille le lui demande.

Et elle se prend à rêver. Son petit bonhomme court à nouveau sur la plage, le long des algues... A côté de ce visage rieur qui s'estompe déjà, émergent d'autres contours naissants, enfants de ses enfants, qu'elle associe au fond de son cœur qui ne demande qu'à aimer.

*

Le temps a passé. La décision de sa fille est arrivée, une décision réfléchie qu'elle désirait au fond de son cœur et qui la comble. Elle reviendra vivre près d'elle avec son enfant. Une force nouvelle lui fait oublier sa propre douleur, chasser au loin les papillons noirs de la déprime qui la guettent et qu'elle attraperait volontiers au passage par moments... Sa vie, son métier seront bouleversés, mais elle sait qu'elle y fera face par sa seule volonté, femme qui s'assume... sa victoire.

Toutes ces pensées occupent son esprit en ce matin froid et gris où l'onde est agitée de mille vaguelettes. Sous les tamaris qui longent la plage, elle croise souvent, indifférente, la sortie quotidienne des chiens et de leur maître... Bribes de conversations cueillies au passage, sur la banalité du temps et des choses... Ce matin, pourtant, le mot *"catastrophe"* accroche son oreille et lui fait discrètement écouter la conversation de deux joggeurs dont les caniches noirs et blancs se battent dans un concert d'aboiements rageurs... *"Oui, la catastrophe cette nuit..." "Ah ! bon"*, dit le second. *"Oui, il a eu la puce ! Il a fallu que je le baigne... C'était terrible..."*

Elle presse un peu le pas, rassurée sur la nature de la catastrophe, mais ce bref intermède dans sa rêverie la laisse pensive. Perdue dans ses soucis qui l'accablent, elle en oubliait la tranquillité des vies qui s'écoulent, sans rides... La puce d'un chien, dans sa banalité suffit-elle à animer une conversation ? Elle souhaiterait tant avoir le loisir, souvent, de s'attarder aux mille petits riens de la vie comme ces promeneurs et ces chiens sur lesquels son regard se pose avec plus d'intérêt. Que de chiens ! Des blancs, des fauves, des noirs, des tachetés, des drôles, truffes noires, bottes noires dans une fourrure blanche, queues en l'air, patte en l'air, à l'aise, joueurs, bagarreurs, bruyants, tant sur la pelouse humide que plus loin, le long de la ligne des eaux, se défoulant en gestes désordonnés, oubliant la laisse honnie ! Liberté retrouvée, explosion incontrôlée de cette liberté après la contrainte, qu'elle rapproche inconsciemment des jeunes enfants dans la cour de récréation...

Mais ses préoccupations reprennent le dessus, cet intermède inattendu s'estompe très vite. Dans son esprit chevauchent les préoccupations matérielles que sa prochaine vie va lui imposer : chambre du bébé, rideaux du berceau que sa fille a choisis, organisation nouvelle de la maison, tous ces mille petits riens que la venue d'un enfant inspire, tous ces mille petits riens que les couples heureux partagent, avec joies et émotions... Elle s'efforcera de pallier à cette absence, avec tout son cœur et son amour, aussi longtemps que sa fille le désirera. Elle nourrit le secret espoir que sa fille vive chez elle une transition heureuse avant de rencontrer celui qui lui apportera le bonheur à elle et à son enfant. Elle désire cela de toute son âme, elle ne peut supporter que sa jeune vie souffre trop longtemps.

*

La marée est très basse ce matin. Est-ce le Bassin ou une plaine marécageuse aux contours indécis qui s'étale à ses yeux ? Loin devant elle, les baïnes semblent des mares à canards, les lignes concentriques laissées par les courants, si rapprochées, pourraient presque s'emboîter.

Enjamber d'un saut les rubans d'eau qui s'intercalent entre les langues de sable, si étroits, de loin, sauter la vie à pieds joints, se jouer des difficultés, arriver vite au bout, sur l'autre rive, pour savoir ce qui vous y attend... un rêve qu'elle caresserait volontiers, en ce jour où ses deux filles vont arriver au refuge maternel. Tôt ce matin, elle n'a pu résister, une fois encore, à l'appel du large pour y puiser courage et détermination. Mais en marchant vers les passes[1], les illusions s'évanouissent, les bandes d'eau s'élargissent, deviennent difficultés, difficultés qui grandissent et qu'il faudra affronter pour atteindre l'autre rivage, le rivage de la vie.

Non loin d'elle, une silhouette court sur les bancs de sable, disparaît dans l'eau, prisonnière, ressurgit, plonge à nouveau. Elle suit sa progression, applaudit dans sa tête lorsqu'elle s'accroche au premier perré qui émerge... elle suivra longtemps la forme élégante qui a repris sa course régulière le long de la plage.

Vers dix-sept heures, elle range sa voiture le long d'une petite gare landaise. Les mains sur le volant, elle apaise l'angoisse qui l'étreint. Elle pense à Daniel. Accepterait-il le

---

[1] Ouvertures du Bassin d'Arcachon sur l'océan

retour de sa fille dans sa vie bien réglée, lui qui s'était séparé d'elle avec une désinvolture qui lui avait fait si mal ? Toutes ces années, Claire avait dû assumer seule, toutes les responsabilités de cette jeune vie dont elle avait voulu le bonheur sans laxisme et sans facilité. Qu'il avait été dur parfois de dire non à certaines demandes un peu abusives ! Elle avait souvent pesé le oui et le non dans sa conscience. L'image de Daniel lui apparaît alors, soudain, vaine. Elle mesure combien son abdication de père a été totale.

Le long du quai qui fleure bon la résine, elle marche pour calmer les battements de son cœur et l'émotion qui monte en elle… Déjà elle perçoit le chuintement lointain du petit train dans la forêt et les premiers sifflements stridents qui annoncent son entrée en gare… L'arrêt est rapide, elle court vers le visage reconnu au passage… Les bagages attrapés, sa fille est sur le quai. Silhouette alourdie de son enfant, visage décidé et rieur, des bras qui l'enserrent, des baisers qui la rassurent pleinement et renforcent son courage. *"Tu sais, maman, c'est une petite fille. Nous chercherons ensemble son prénom"* - *"Pas trop fatiguées ?"* - *"Non, je suis heureuse de te retrouver et de savoir qu'elle va naître au bord du Bassin."*

Et la conversation s'anime sur la route qui les ramène vers ses rivages. Attablées au bord de l'eau dans le café où sa fille retrouvait ses amis de lycée, elles commandent deux gaufres au chocolat. *"Avec beaucoup de Chantilly"*, ajoute comme toujours sa fille. Elles savent alors toutes deux, leur complicité retrouvée, qu'elles peuvent reprendre un bout de route de vie ensemble. Elles attendront le coucher du soleil pour rentrer à la maison. Ces couchers de soleil leur valaient autrefois des départs précipités pour arriver avant l'ultime embrasement. Ce soir, elles arriveront assez tôt pour voir la dernière bande argentés dans la mouvance de l'eau. Elles suivront sa descente, son extraordinaire noyade, trop rapide à leur gré. Quand le ruban rosé du couchant faiblira peu à peu, alors, elles rentreront. Et la maison de Claire reprendra vie. Ce sera la découverte émue de la chambre du bébé, les baisers, les remerciements. Elle mesurera le courage de sa fille, égal au sien, détermination d'une maternité solitaire, dépassement d'un amour déçu pour ne conserver que la graine pleine de mystère.

Quelques jours après : *"Maman, nous irons ensemble à la mairie déclarer le bébé avant la naissance afin qu'il porte mon nom, seul..."* Elle sera fière de sa décision de femme. Vingt ans plus tard, dans un élan spontané de tendresse, cette fille devenue adulte serrera très fort sa mère, en lui disant *"Merci maman, de m'avoir permis de vivre"*. Claire pensera que sa fille avait reçu là le plus bel éloge d'amour qu'une maman puisse souhaiter.

Quelle émotion aussi, plus tard encore, de découvrir, sur le plafond de la chambre universitaire où Isabelle passait avec Claire sa dernière nuit d'étudiante, deux constellations brillant au-dessus de son lit : *"C'est mon signe et celui de maman. Ils m'ont protégée toute l'année"*.

*

Et l'aventure à trois a commencé.

Claire a deux filles à aimer. L'image du dédoublement qui l'avait saisie à l'annonce de sa maternité s'impose à elle au point de les confondre dans une même appellation, *"Mes filles"*. La vie s'organise. La fille de Claire a trouvé un travail de nuit et poursuit ses études universitaires. Claire assure son travail d'enseignante durant la journée et veille sur Isabelle la nuit. Le matin, à huit heures, la relève se fait auprès d'Isabelle. Celle-ci a toujours un visage d'amour penché sur elle. Egale tendresse vers ce bébé, qui offre aux deux femmes ses trésors de sourires et de gazouillis. Elles tremblent à la moindre fièvre qui agite ce petit corps, elles partagent leur joie quand les rires retrouvés annoncent la guérison.

Claire pousse le landau dans ses promenades matinales. Elle se réjouit de voir le jeune visage prendre un hâle de bonne santé, les cheveux se blondir au gré du soleil. Bien vite cette petite fille laissera, elle aussi, les empreintes de ses pieds nus dans le sable humide, jouera avec les mouettes effarouchées. Poupée rieuse que Claire contemplera toujours avec émotion, l'image de cette enfant s'associant souvent à celle de son petit bonhomme... La vie poursuit sa course. Les grandes douleurs s'apaisent peu à peu. Son fils, qui a enfoui au fond de son cœur la brutale séparation de son enfant, offre un jour à Claire un deuxième petit-fils, bébé blond aux yeux bleus, plein de charme, adulé, choyé par des parents comblés.

Claire gardera longtemps les visions estivales de son fils longeant la plage qu'il avait, lui aussi, appris à aimer, tenant d'une main Isabelle, de l'autre Bastien, tous deux également réjouis. Toute la journée, ils mêlaient leurs jeux, leurs rires, leurs cris d'effroi quand une vague un peu forte les roulait dans l'écume, aspergés, suffocants. Le soir, il les remontait vers la maison de Claire assis chacun sur un bras, repus de sable et d'eau, grisés d'air et de soleil. Ces images l'emplissaient de bonheur et elle éprouvait une immense gratitude envers ce fils qui savait, tout simplement, tenir auprès d'Isabelle la place d'un père absent. Elle confondait ces deux enfants dans une même tendresse, y ajoutant toutefois pour Isabelle un sentiment de protection qui compensait l'absence...

Enfants sans père, voilà ce qu'étaient devenus ses propres enfants. Un père bien vivant pourtant, mais dont elle ressentait un peu plus chaque jour le détachement. Quand son amertume l'angoissait trop, elle se réjouissait avec plus de force encore de les avoir autour d'elle pour des vacances heureuses, pour elle seule, savourant avec une certaine fierté la place qu'elle tenait dans le cœur de chacun.

Une image lui revenait sans cesse, celle d'un bateau bleu sur lequel se serrent tous ceux qu'elle aime, véritable îlot de bonheur perdu sur l'immensité du Bassin par une journée radieuse.. A l'arrière, Isabelle et Bastien, retenus par les mains maternelles, tirent chacun un petit bateau rouge attaché au bout d'une grosse ficelle. Les lignes d'écume des frêles embarcations se rapprochent, se fondent, s'écartent. Les jouets rebondissent, se cognent, reprennent la route, accompagnés de rires frais, de cris de frayeur quand la houle les submerge, de grands cris de joie lorsqu'ils réapparaissent rutilants d'eau sous le soleil.

Son fils est debout à la barre, vigilant, chapeau de toile raidi par le sel. Pilote du bateau, pilote de tous. Homme assurant seul, avec calme, la protection de chacun, guidant avec aisance son embarcation dans les chenaux qu'il connaît bien, évitant les écueils, les écueils de la vie. Claire ne peut se défaire d'un profond sentiment de totale confiance envers ce fils qui assume si bien son rôle... Partager avec lui sa propre responsabilité, partir loin, vers la lumière, ne pas se retourner vers les soucis passés, jouir à plein, oublier... du clair, du beau, de l'espoir...

Les vaillants bateaux enfantins sont arrivés à bon port. Ils ont longtemps trôné, tels des trophées, dans la chambre des enfants.

*

Claire a pris sa voiture pour une longue route, le cœur un peu serré de laisser ses filles seules dans sa maison. Mais le temps est superbe. La plage et la baignade feront leur bonheur en son absence. Sa longue route la conduit vers la majesté des Alpes, vers un groupe d'amis qui l'ont chaleureusement invitée pour quelques jours. Elle arrive à la nuit tombante dans un superbe chalet plein de vie, de rires et de bonne humeur, très émue par la chaleur de l'accueil.

Mais Claire avait oublié ce qu'était la vie d'une famille, unie, heureuse, auprès de parents qui s'aiment et s'occupent tendrement ensemble de leurs enfants et petits-enfants. Des enfants qui ont encore un père. Le doux nom de "*papa*" qu'elle entend si souvent lui fait battre le cœur... Un père qu'ils tiennent dans un bras tandis que l'autre enlace la maman. Tableaux charmants qui l'étonnent, la font rêver. Une impression de vivre un conte de fées. Une réalité qui lui saute au visage... Cela existe-t-il donc encore ? Une révolte sourde en elle. Toujours chez les autres, jamais plus chez elle. Tout a été balayé, foulé aux pieds. Elle se sent perdue au milieu du bonheur de ces familles qui appartient à un autre monde. Un sentiment de culpabilité l'étreint. Ses filles à elle se sentent peut-être seules sans elle. Elle a voulu voler un peu de bonheur, pour se faire plaisir, se redonner quelque illusion. Le résultat n'est guère brillant. Quand les couples se forment le soir, autour de grillades, de chants ou de musique, elle lutte pour préserver un visage serein. Son cœur supporte difficilement ces visions de bonheur. Mais elle garde sa souffrance en elle, avec fierté. Ni pitié, ni atermoiements. Puis le soir, elle se retrouve seule, comme toujours, dans une jolie chambre qu'on lui avait choisie avec goût et attention, seule dans ce grand chalet, symbole d'une vraie vie de famille. Combien sa petite Isabelle serait heureuse d'avoir un papy attendrissant comme celui qu'elle côtoie chaque jour, un papy qui remplacerait un père inexistant. Mais la vie est ainsi faite. Daniel avait choisi ce destin pour Claire, pour ses enfants, sans remords ni retour. Affaire classée pour lui... jamais pour elle.

Lorsqu'elle quittera les allées fleuries de cet endroit de rêve, lorsqu'elle verra s'estomper les paysages grandioses des cimes savoyardes, son cœur se portera vers ses filles qui l'attendaient... Des heures de route à travers la France... La splendeur de tant de paysages variés lui vaudront quelques pauses. Mais en abordant l'alignement régulier des pins des Landes, elle se sentira à nouveau chez elle, retrouvant son monde à elle. Elle respirera avec délice les effluves de résine. Les crissements des grillons et des cigales l'accompagneront jusqu'aux berges du Bassin. Les tourbillons de mouettes et les voiles blanches au large lui rappelleront, si besoin, qu'ici était sa vie.

Les baisers d'Isabelle, ses rires, les fleurs qui ornaient la maison lui procureront un plaisir oublié depuis si longtemps, celui d'être attendue avec toute la tendresse de ceux qui l'aimaient, alors que la griserie d'un long voyage se terminait fréquemment dans la solitude glaciale de sa maison vide.

*

La dune du Pilat sort soudainement de la brume, illuminée, inondée de soleil. Puis un nuage balaie cet éblouissement. Lumières et ombres se succèdent dans le ciel tourmenté, à l'image de son cœur. Le compagnon sensible et délicat rencontré par sa grande fille vient nourrir l'espoir et le bonheur tant désirés pour ses filles. Elles sont comblées. Claire est heureuse de ce bonheur, mais angoissée à l'idée du départ proche d'Isabelle. Leur vie s'épanouira loin d'elle, dans un pays où elle verra grandir Isabelle par épisodes... comme si elle devait payer un tribut pour chaque rayon de lumière dans sa vie. Et son cœur est très lourd quand elle se penche le soir vers ce visage endormi, plein de calme et de candeur, vers ce lit où il n'y aura plus, bientôt, qu'un vide insupportable.

De plus en plus farouche et exclusive, elle ne veut personne près d'elle le jour du départ. Quand la voiture disparaît dans le tournant de la côte, elle rentre très vite, sans témoin, dans sa maison désertée une fois encore. Elle pleure, seule, sa petite Isabelle. Elle lui a donné tout son amour. Elle l'a dorlotée, choyée, soignée, gâtée, grondée près de trois années... Isabelle, c'était un peu la sienne. Elle s'est sentie si souvent responsable d'elle qu'elle a l'impression aujourd'hui de ne pouvoir surmonter un arrachement ajouté à tant d'autres...

Sa présence est si vivante autour d'elle, le lit chaud de sa dernière sieste, un vêtement négligemment posé, son couvert sur la table, tant de détails qui redoublent son chagrin.

Elle est partie tout à l'heure avec sa maman et cet homme, jeune, dont Claire appréciait chaque jour la simplicité, la tendresse offerte à Isabelle à laquelle l'enfant s'abandonnait tout entière. Claire ne veut retenir que cela, ces visions de bonheur auxquelles elle s'accroche, ce voyage déjà programmé vers leur nouveau pays où sa présence est souhaitée.

Femme qui décide, seule, s'accroche à la vie par les espérances qu'elle se forge. Daniel absent ne l'angoisse plus. Il est devenu étranger à tout ce qu'elle vit, plus rien n'est à partager. Latitude de vivre ou de disparaître si le fardeau est trop lourd. Liberté jalouse qui grandit à l'ombre de son abandon.

*

Ce voyage qu'elle attend, dans lequel elle puise force et espérance, approche à grands pas... La brusque envolée d'une mouette, qu'elle suit longuement jusqu'à disparition lui en rappelle toute la réalité. Combien elle envie cet oiseau. Ses rêves la portent d'un coup d'ailes vers cette vie lointaine qu'elle imagine au travers de nombreuses lettres que sa fille, heureuse, lui écrit.

Mais les rêves ne s'éternisent guère. Très vite, elle part pour trois semaines de paix. L'amour et l'union de ces trois êtres chers sont le meilleur des réconforts. Elle prend conscience que sa fille a trouvé le compagnon prévenant, intelligent qu'elle lui souhaitait. Isabelle a vraiment un *"papa"* et leur amour est réciproque. Claire est heureuse, et pour ce bonheur qui s'épanouit à trois, loin d'elle, elle remercie du fond du cœur, avec toute sa foi, l'artisan de ce bonheur qui ne lui ménage pas son amitié. Elle retrouve sa maison et ses rivages familiers tout imprégnée d'une paix qu'elle a pu faire sienne, enfin. Elle peut attendre, calmement, leur visite à Noël.

L'esprit reposé, ses rêves de femme et les souvenirs de ses rencontres éphémères l'envahissent inconsciemment. Il y a tant d'espoirs en elle, tant d'attentes... Elle a, bien sûr, rencontré l'amour de temps à autre depuis la grande absence. Mais ces amours fugaces, amours sans l'esprit, amours sans le cœur, ne l'ont pas satisfaite pleinement. Ils ne représentaient qu'une partie de ses désirs intimes. Etait-ce de l'orgueil... une ambition trop grande ? Ses premières amours l'avaient-elle trop comblée ? Et pourtant, il y avait des yeux bleus à Paris dans lesquels elle se serait plongée encore bien volontiers, et d'autres, pleins de douceur, qui savaient illuminer un visage bourru... il y avait aussi le souvenir de mains caressantes dont elle pouvait difficilement se défaire.

Alors, tandis qu'elle s'avance sur le perré qui, de loin, ressemble au dos d'un cétacé échoué, elle joue à suivre la montée de l'eau qui épouse la forme de chaque pierre avec la douceur de l'enlacement. L'eau monte, se retire, monte un peu plus, fouille et fouille encore chaque recoin, étalement presque indécent d'une jouissance intime... L'harmonie homme-nature est là, lui rappelant que l'amour est la vie même. Elle ne peut s'y soustraire. La rattrapera-t-il un jour ? Pourra-t-elle offrir à ses petits-enfants un nouveau papy plein de tendresse ? Elle laisse vagabonder son esprit et ses illusions.

*

Chez son grand fils, elle est allée partager cette paix auprès de Bastien, qui grandissait en beauté et en délicatesse. Elle a savouré leur bonheur familial, attendrie par des parents comblés, par cet enfant gracieux auquel elle pouvait apporter toute sa tendresse sans éprouver un sentiment de responsabilité à son égard. Elle pouvait enfin se dire, que là-bas, sa petite Isabelle partageait, elle aussi, un bonheur à trois et pour la première fois, sa tendresse pour ces deux enfants débordait en toute équité...

Mais un coup de téléphone avait tout fait basculer, leur bonheur là-bas, la paix qui l'habitait. *"Maman, Ian est mort dans un accident de voiture"*. Non, la paix n'était pas pour elle. Le tribut était là, terrifiant... Une grande cassure s'était produite en elle qui lui était apparue insurmontable... Retour déchirant dans ces contrées lointaines, sa fille éplorée, sa petite Isabelle dépassée par le chagrin de sa mère, qui instinctivement avait banni de ses lèvres le mot *"papa"* réservé à Ian. Claire avait senti brusquement son courage l'abandonner, elle n'avait pas eu la force des consolations. Son fils avait assumé avec détermination la place du père absent auprès de sa sœur dans ces journées de deuil, ces journées de deuil partagées avec la famille de Ian qui exprimait une douleur profonde, mais contenue et pleine de dignité. Cette famille que Claire avait déjà sentie très proche de ses deux filles durant son dernier voyage, des gens qu'elle estimait beaucoup, qui lui avaient offert leur amitié. Une amitié qui ne faiblira jamais, dont Claire s'émerveillera toujours à chaque séjour qu'elle effectuera dans ce pays où sa fille choisira de rester avec Isabelle.

Oui, sa fille avait pris son destin en mains, seule, sans pression de personne, dans ce monde rude de landes et de lacs, à la beauté sauvage. Elle ne voulait pas laisser seul le petit coin de terre où reposait son amour perdu... cet amour perdu dont elle apprenait l'enfance et la jeunesse auprès de parents exemplaires qui considéraient comme leurs ces deux filles que leur fils avait aimées. Et Claire, peu à peu, avait découvert avec émotion que le papy tant souhaité pour Isabelle existait là-bas, un grand-père plein d'affection et de tendresse qui éclairait sa petite enfance.

La nature accomplissant son œuvre, le chagrin s'était atténué peu à peu. Claire avait laissé ses filles à leur destin. Elles apprirent à aimer ce pays où elle se rendait souvent et retrouvait Isabelle, heureuse de partager son bonheur entre sa *"French Granny"* et ses *"Scottish grand parents"*, penchés tous trois sur son avenir plein de promesses. Avec tact et délicatesse, ils accueillirent le nouveau compagnon que sa fille rencontra quelques années plus tard, rencontre qu'ils appelaient de leurs vœux les plus chers, pour le bonheur de *leurs* filles, faisant abnégation de leur propre douleur.

A fil des années, Claire partagera avec eux toutes les joies familiales chez sa fille où le nouveau *"Daddy"* d'Isabelle les recevra avec une considération et un élan du cœur qui ne faillira jamais.

Quelle joie lorsque Claire leur fera découvrir un jour le Bassin d'Arcachon. Une image restera gravée à jamais dans sa mémoire, celle d'Isabelle, heureuse, encadrée par ses deux grand-mères, la française et l'écossaise, saoulées d'air et de vent, dégringolant la dune du Pilat, chantant avec un plaisir non dissimulé l'hymne national écossais, *Flower of Scotland*.

Lorsque, quelques années plus tard, naîtra sur ce sol étranger une petite sœur d'Isabelle, Marie, digne blonde descendante des Vikings, à l'image de son père normand, ils sauront avec la même simplicité, partager entre les deux enfants leur inépuisable réserve de tendresse.

Se peut-il qu'après un parcours si long dans le temps et l'espace, le vœu le plus cher de Claire se soit réalisé si loin ? Pourquoi chercher autour de soi ce qui existe ailleurs, qui s'offre à nous au-delà des frontières ? Combien l'esprit de Claire s'élargira à cette découverte ! Elle ouvrira sa porte pour la première fois aux amitiés lointaines, aux langages divers...

*

L'esprit enfin apaisé pour les siens qui conduisent leur vie à leur gré, Claire s'aperçoit que les ans ont passé et que la retraite, cette cassure dans la vie que tant de gens attendent comme une délivrance, s'avance pour elle à grand pas... Une délivrance pour elle ? Elle ne sait... Difficile de briser le cordon vital qui la relie au monde du travail, au monde vivant. Difficile d'écarter de son esprit ce monde d'enfants dans lequel elle a si souvent puisé réconfort et oubli dans la tourmente de sa vie... mais difficile pourtant de refuser un repos auquel tout son être aspire.

Ses pensées vagabondent ainsi, tandis que la marée qui monte fait s'amenuiser peu à peu le grand banc de sable envahi par une nuée de mouettes. A ce tableau vivant s'associe brusquement dans son esprit la célèbre toile de Géricault, cette planche de salut que le peintre a immortalisée à la suite du naufrage de la frégate dont elle porte le nom. Radeau de survie aussi pour la colonie d'oiseaux qui piaille dans de grands battements d'ailes... Mais ce radeau-là ne tiendra pas longtemps, il va s'effriter et disparaître au gré de la marée, comme les attaches de Claire à la vie active, au gré du temps qui passe... Elle en prend conscience, là, sous ses yeux. Déjà, de l'espace qui se rétrécit, après le combat primitif pour le droit du sol qu'elle suit avec un intérêt amusé, à coups de becs et d'ailes, les premières capitulent dans une envolée ébouriffante. D'autres, plus téméraires, résistent, les pattes déjà dans l'eau, picorant encore leurs ultimes trouvailles... Claire suivra longtemps leur vol alors que déjà, le banc n'est plus qu'un reflet clair dans l'eau. Combien elle envie cette évasion, ce départ fulgurant vers de mystérieuses destinations, cette supériorité que l'homme a toujours envié à l'oiseau...

Et elle retrouve ses rêves d'enfant où, dans l'inconscient du sommeil, il lui suffisait de taper le sol avec le pied pour prendre son essor... un rêve qui revenait souvent, dont elle mesurait chaque fois la vanité lorsque, bien éveillée, elle refaisait le geste, sans succès, restant irrémédiablement clouée au sol. Lui revenaient aussi les extraordinaires tentatives de l'homme oiseau relatées dans la presse de l'époque. L'homme, ingénieux et fou du désir de voler, inventant une invraisemblable machine articulée amarrée sur son dos, courant pour prendre un élan qui le faisait décoller de quelques mètres pour retomber très vite. Vie sacrifiée dans un amas de ferraille. Tentatives renouvelées maintes fois, même résultat tragique...

Quand la période estivale lui faisait admirer sur la plage un ballet de mouettes et de cerfs-volants, il lui était difficile de les distinguer. Un reflet de soleil lui laissait deviner parfois une fulgurante frange colorée d'un faux oiseau, mais elle admirait surtout l'éperon de plumes blanches qui fendait l'air dans l'équilibre parfait des ailes jouant dans le vent. Elle clignait des yeux pour ne pas voir le fil qui guidait les oiseaux de papier afin de mieux jouir du spectacle. Mais une chute brusque de l'un d'eux lui rappelait toujours l'infaillibilité de l'oiseau, sa liberté. Liberté qui la taraudait, un moment occultée par la vie de ses filles, liberté totale qui s'approchait à grands pas... Cependant, liberté et solitude se chevauchaient confusément. Jouir de l'une, affronter l'autre, une dure partie s'annonçait. Saurait-elle y faire face ?

*

Chaque été, les rires et les jeux de Bastien, Isabelle et Marie, dorés comme des brugnons bien mûrs, réchauffent la maison de Claire. Elle aime voir son fils, à chaque arrivée, sortir précipitamment de sa voiture, sans même prendre le temps de claquer la portière, heureux, bras tendus, aspirer à grandes bouffées les senteurs de sable chaud et de résine... Ces séjours lumineux sont un incroyable baume à sa solitude. Elle se sent à nouveau femme pivot, mais dégagée des besoins d'assumer, de protéger. Ses enfants lui apportent le regain d'amour et les joies dont elle a tant besoin. Elle partage leurs moments complices, leurs amitiés. Elle les sent épanouis dans sa maison ouverte toute grande, sans retenue, sans entrave.

C'est autour d'elle, d'elle seule, que se vit le bonheur de tous. Courtes visites de convenance à leur père, il semble s'en contenter. Peut-elle se réjouir de la brièveté de ces visites et des joies familiales, à elle seule réservées ? Elle éprouve plutôt le sentiment d'un immense gâchis à l'égard de ses enfants. Elle a mal pour eux. Démission de Daniel. Privés de son amour, de tout ce que son érudition et son intelligence pourraient leur apporter encore.

Puis chacun s'envole, comme toujours, aux premiers signes de l'automne, quand les arbousiers commencent à rougir, quand les ronces, là-bas, près des dunes de l'océan, ploient sous leurs grappes de fruits pourpres...

Et Claire a tout loisir de revivre le premier automne de sa retraite. Elle n'en a pas goûté les premiers matins frileux sur la plage désertée, apaisants après les brûlures de l'été. Elle n'a pas découvert non plus les premiers cèpes sous les pins dans les fougères jaunissantes, les tapis de girolles sur la mousse humide des sous-bois, ni vu blanchir les cotonniers dans l'inextricable fouillis de verdure bordant les canaux du delta de la Leyre. Ses enfants d'Ecosse n'ont pas voulu qu'elle vive seule cette cassure de vie. Avec eux, elle a traversé la France puis l'Angleterre pour aller goûter l'automne majestueux où les bruyères en fleurs grimpent à l'assaut des collines.

Foin de paresse et de laisser vivre ! Dans un collège, elle passera plusieurs mois à se familiariser avec la langue de Shakespeare. Bain linguistique, bain de jouvence, dont le souvenir l'attendrit. Jeunes étrangers venus des quatre coins de la planète qui l'adoptent, elle, la retraitée française : Kong On Chan le Chinois, Carol la Suisse, Nasreen l'Irakienne, Dulu et Yahanaha les Pakistanaises, Rebecca l'Argentine, Giovano l'Italien, la belle Charida que son mari venait chercher jalousement à la fin des cours et tant d'autres dont les noms lui échappent...

Bain de jouvence et de fraternité. Leurs amitiés, leurs confidences ne pouvaient se dire que dans la seule langue commune qu'ils apprenaient tous ensemble. Amitié qui se prolongeait souvent, les après-midi lorsque quelques-uns partageaient volontiers sa voiture à la découverte de ce pays attachant, envoûtant. Ces après-midi se terminaient souvent autour d'une *"nice cup of tea"*, ponctués de fous rires incontrôlables devant l'ahurissement du serveur qui avait du mal à comprendre leur anglais naissant, coloré par la multitude des accents. Souvenir des matins d'hiver rigoureux, des rues verglacées qu'elle ne connaissait pas sur le Bassin. Elle prenait au passage Doulou et Yahanaha, proches voisines, puis Nasreen à un autre carrefour, avant de retrouver la tiédeur des salles de cours. Moments d'amitié joyeuse le matin, autour du thé à la cafétéria. Ils essayaient les tournures nouvelles apprises, dégustant une viennoiserie écossaise, très appréciée de leur professeur, le *scône*. Quelle gourmandise dans ces trois accents circonflexes qui semblaient surmonter ce *o* si fortement accentué !

Rappel ému de son dernier matin de cours. Elle regagnait la France le lendemain, cartes échangées, cris effarouchés de Matloub, qui refusait les photos que sa religion lui interdisait. Emotion de M. Harkins, le professeur, qui avait tenu à lui exprimer des vœux personnels en *Old Scots,* vieille langue anglo-saxonne, mise à l'honneur par Robert Burns, le poète national vénéré du dix-huitième siècle : *"Lang may your lum reek..." Que votre cheminée ne cesse jamais de fumer...* Par ces mots, il l'honorait grandement tout en lui disant l'attachement profond qui l'unissait à son pays. Un symbole qui l'avait beaucoup émue.

Que sont devenus tous ces jeunes entrevus quelques mois ? Personnalités attachantes. Comme elle avait regretté que la maîtrise imparfaite de cette langue, leur langue commune, lui interdise la découverte des richesses de chacun.

Le lendemain, seule au volant, elle savait, et cela la réconfortait, que toute la classe suivait le plan détaillé de son trajet qu'elle avait dessiné, à leur intention, sur le grand tableau. Leurs pensées l'avaient accompagnée tout au long de sa route solitaire.

*

Après les violations du tourisme estival, quand les grandes marées d'équinoxe de septembre lavent la plage à grande eau et au-delà même, le territoire piétonnier, les brumes d'octobre ramènent le Bassin à sa paix originelle. Elle apprécie ce calme revenu. Cette paix néanmoins la trouble. Confrontée désormais à sa retraite débutée par sa riche expérience dans la belle et lointaine Ecosse, elle ressent confusément la difficulté de tolérer cette cassure. Son esprit, si longtemps occupé par son propre désarroi et celui de ses enfants, par un métier qui ne supportait pas de faiblesses, est incapable de concevoir le vide. Cette liberté chèrement conquise sur tant de souffrances, est là. Et voilà qu'elle l'appréhende à présent, comme un cadeau trop beau dont on ne sait encore que faire.

Mais un petit vent aigre la fait soudain frissonner. Un bruissement, tel un essaim d'abeilles. Elle lève la tête. Dans le ciel gris d'automne des nuées d'oies sauvages filent vers l'océan. Superbes migrations qui la laissent en extase ! Triangles aux lignes sinueuses qui s'avancent, pointe en avant. D'autres débouchent, à l'est, du fond du Bassin tandis que les premières se fondent déjà dans les passes. Les vagues successives se chevauchent, les lignes se forment, se défont, se reforment. Un oiseau, guide à l'avant, remplacé par un autre qui arrive à grands coups d'ailes... quelle force pousse donc ces oiseaux à l'alternance du pouvoir ? Les écharpes se déploient, se succèdent, filent vers les Passes, certaines rasent l'eau puis se fondent dans les arbres, au loin. Etrange destin collectif, instinct grégaire, qui les pousse dans la même direction, dans une même cacophonie monocorde. Le spectacle est exceptionnel... Liberté de l'oiseau, là, étalée à ses yeux... Claire rêvera longtemps jusqu'à ce que les écharpes bruissantes disparaissent toutes dans la brume qui les absorbe...

Quelques jours plus tard, à nouveau cet étrange bruit, sur les rives opposées, vers le Cap Ferret... Les oies reposent sur l'eau, bruyantes, en position de vol, pointe à l'avant. Quelques indisciplinées s'échappent vers les passes, ligne noire qui s'égrène et se perd. Etrange scintillement sur l'eau des ailes en mouvement. Pause dans leur insolite voyage. Quelques chalands de retour du banc d'Arguin passent tout près d'elles... leur indifférence semble totale. La marée qui monte les rapproche, elles se laissent porter par les flots, semblent jouer de ce balancement. Claire les distingue mieux dans le flux qui s'approche. Mais la cacophonie s'atténue peu à peu. Ballottées plus rudement, elles se taisent. Surprise, peur ou jouissance ? Claire n'a pas le temps de s'y attarder. Effarouchées par un bateau qui s'approche, dans un concert assourdissant de jacassements et de battements d'ailes, les écharpes reprennent leur vol vers les Passes. Claire, stupéfaite, les voit disparaître dans le lointain... Iront-elles se poser plus loin ? Elle ne sait... elle n'est pas l'oiseau qu'elle souhaiterait être.

Claire aimerait bien, à ce stade de sa vie, se laisser porter au gré des éléments comme la nature immuable qui s'offre à elle. Cette vie active faite de dépendance est terminée, cette tendresse dont elle rêvait ne lui a apporté que des illusions de bonheur. Rien n'a comblé sa vie comme elle l'avait secrètement espéré. Elle est seule face à son futur.

Le moment est venu de mettre à profit la force d'indépendance qu'elle a senti grandir en elle. Elle ne veut plus laisser flotter son esprit sur des rêves de facilité... Se laisser aller au gré des éléments comme la nature... Suivre l'instinct de l'oiseau...

Il faut d'abord occuper son esprit que ses rêves ont trop tendance à envahir. Alors elle se tourne vers tous ceux qui, comme elle, ont abordé leur nouvelle vie de retraités et se mêle avec un plaisir certain à leurs jeux d'études, à leur quête de connaissances. Elle poursuit le bain linguistique commencé dans la lointaine Ecosse. Au cours de ses nombreux voyages auprès d'Isabelle et de Marie, elle y ajoutera des travaux de recherches et de traductions grandement aidée par sa fille et Philippe, le nouveau *"Daddy"*, dont elle découvrira chaque jour davantage la générosité, l'humour, l'attention aux autres. Traductions, modestes bien sûr, dont elle partagera les fruits avec ses amies retraitées.

Mais elle s'est vite lassée de ce travail essentiellement intellectuel. Elle ne peut considérer cela comme un nouveau sens donné à sa vie. Elle n'y goûte que des plaisirs tournés vers soi alors que l'envahit de plus en plus un sentiment d'inutilité dans un monde qui bouillonne, construit, avance. Le poids des années ? Elle ne le ressent pas. Sa santé, à peine fragilisée, lui a permis néanmoins de franchir la soixantaine sans y prendre garde et elle s'en réjouit.

Années quatre-vingts. Attentive à tout ce qui pourrait l'aider dans sa recherche personnelle, Claire suit avec intérêt des émissions de radio et de télévision passionnantes : *Contacts* de Jacques Pradel, *Taxi* sur France 3, *Résistances*, *Droit de réponse* de Michel Pollac. Elle s'intéresse de plus en plus, à travers reportages et discussions, à la vie des pays dits en développement.

Elle découvre avec passion l'ouvrage d'Edem Kodjo *Et demain l'Afrique* qui décrit sans complaisance l'obscurantisme régnant sur ce continent, et les traumatismes psychologiques et physiques fruits de l'esclavage et du colonialisme. Cet ouvrage, véritable bible pour les Africains portés par l'espoir, dénonce l'intolérable absence de tous ces payas dans le concert des nations.

Ecoutes, visions d'un autre monde, lectures, font ressurgir en elle des souvenirs d'enfance. La terre d'Afrique où elle n'est jamais allée mais qui a hanté ses rêves d'enfant. Un père absent, tenue blanche et casque colonial, que ses yeux innocents découvraient dans l'album de famille. Ce père revenu un jour, quand elle avait quatre ans, avec une poupée noire pour sa petite Claire, poupée habillée d'un boubou traditionnel avec laquelle elle n'eut jamais la permission de jouer. Elle trôna durant toute sa jeunesse sur le piano familial. Sa maison, où voisinaient défenses d'éléphants, cornes de rhinocéros, œufs d'autruche naïvement décorés, peau de panthère dont la gueule effrayante montait la garde chaque nuit auprès du lit de ses parents...

Récits de sa jeunesse : la grande chaleur africaine du milieu du jour, la sieste obligatoire des Blancs, les boys qui travaillent durant ce repos, car, eux ils n'ont pas chaud et ne s'arrêtent pas...

Et puis ses premiers doutes, les premières indépendances qu'elle ne manquait pas d'applaudir. Sa mère, vieillissante, dépassée par des événements qui bousculaient tout ce qu'elle avait connu, se demandant comment cette race *"inférieure"* allait faire pour se prendre en mains. Elle était morte sans avoir connu cette formidable explosion des esprits vécue par des peuples entiers, cette soif d'apprendre. Son père, disparu jeune, n'avait pas eu le temps d'assister à tout cela. Peut-être aurait-il mieux compris ?

Claire revivait son enfance où s'étaient mêlées tant d'impressions diverses, imprégnée des récits d'un autre monde, où elle ne pouvait que laisser jouer son imagination : sa mère, enfant, arrivant avec ses parents dans un village d'Afrique où les habitants n'avaient jamais vu d'enfants blancs... Fée magique ? Ange tombé du ciel ? Images insolites qui peuplaient son esprit, mère auréolée d'un mystère qui la dépassait... Scarabées géants noirs et blancs fossilisés dans une vitrine, mais bien vivants, là-bas, dans la moiteur de l'Afrique... Vols étranges, monstrueux, qu'elle associait à ce serpent lové le long d'un bras de pompe, que sa mère s'apprêtait à saisir, une nuit, pour épancher sa soif... Réceptions entre fonctionnaires blancs où l'on se racontait la France au travers d'un courrier très lent qui arrivait par voie maritime...

Sa grand-mère, morte au Sénégal, ramenée en France par paquebot dans un cercueil plombé. *"Plombé !"* Le sens de ce mot lui échappait. Ce cercueil avait voyagé si longtemps, entrevu brièvement devant le caveau familial... Mystère lancinant qui la poursuivait jusque dans ses rêves...

Son oncle, administrateur au Cameroun, sorti premier de l'Ecole Coloniale, orgueil de toute la famille. Oncle et tante rentraient en congé tous les deux ans, après vingt jours de traversée sur un paquebot de la compagnie des *Chargeurs Réunis*. Elle allait les attendre avec une joyeuse impatience, en famille, sur les quais de Bordeaux envahis par une foule considérable. Alors que l'imposante masse du navire se profilait au loin, ses yeux écarquillés d'enfant essayaient de les découvrir dans la masse des passagers qui se pressaient sur le pont, tenues blanches, longues robes vaporeuses, capelines paillées... Et les mains, les mouchoirs s'agitaient, durant les manœuvres d'accostage. Ecrasée par cette masse qui s'immobilisait soudain, elle attendait, fébrile, que l'on approche la passerelle magique qui se concrétiserait par une suprême récompense, la montée à bord. Quelles retrouvailles, quelle griserie ! Son oncle les attendait, royal dans sa tenue blanche coloniale. Leurs yeux émerveillés découvraient alors les richesses qui faisaient la gloire des paquebots des années 30 dont les noms lui chantent encore à l'oreille, le *Foucauld*, le *Brazza*... Et enfin, comble de jouissance, les rafraîchissements que l'oncle offrait dans le bar luxueux et feutré, étaient servis par un personnel stylé, plein de respect et de considération pour l'Administrateur, grand personnage de l'époque. Cette considération rejaillissait sur toute la famille et sur elle naturellement ! L'émotion était à son comble lorsqu'il déposait sur les petites tables rondes colliers de coquillages ou bracelets de crins d'éléphants tressés qu'elle arborait fièrement en classe les jours suivants... Comme elle savourait, alors, sans arrière-pensée, ces moments privilégiés dans la candeur et l'innocence de l'enfance.

Loterie de la vie... Elle avait tiré le bon numéro, celui de la tendresse et du bonheur. Sa maturité lui permettait à présent de voir ce tableau colonial bien différemment, mais le jugement d'aujourd'hui n'altérait en rien l'amour qu'elle conservait pour ses parents au fond de son cœur.

*

Ce retour vers son enfance lui permettait de mieux prendre conscience du fossé séparant les deux générations... Mais le passé était révolu. L'avenir restait à construire et son désir d'y participer grandissait. Son travail dans les classes primaires laïques lui avait déjà ouvert cette voie. Elle avait aimé tous ces enfants, enfants français, d'immigrés ou de réfugiés, noirs, métis et blancs. Elle avait conscience de leur avoir appris à tous l'entente universelle, nourris des pensées, des coutumes et des richesses spirituelles de chacun. Et elle avait découvert avec eux *La vie d'Agossou,* le petit Africain, de *Yu Nam,* le petit Cambodgien, ou encore de *Miko,* l'Esquimau. Elle souhaitait du fond du cœur que ces enfants, devenus adultes, en qui elle avait semé ces graines de générosité aient récolté les plus beaux fruits.

En Ecosse, Claire avait découvert d'autres brassages. Dans le hall d'entrée de l'école primaire d'Isabelle et de Marie, les visiteurs étaient accueillis par des messages de bienvenue écrits en une vingtaine de langues. Elle écoutait, toujours émue, les récits de goûters organisés à l'occasion de chaque fête nationale. Les mamans confectionnaient les spécialités traditionnelles pour tous les enfants de l'école, *pakora, chapatis, nan bread...* des recettes culinaires qu'elle découvrait. Combien avait été forte l'amitié d'Isabelle et de Salima, jeune Pakistanaise conviée à toutes les fêtes de la famille, vêtue de son plus beau *sari.* Combien était solide aussi l'amitié entre Marie et Awa, la Sud Africaine, qui se prolonge sans faille, au fil des années.

Claire gardait toujours en mémoire, avec émotion, le spectacle de ce brassage d'enfants de toutes races descendant la vaste avenue à la sortie de l'école. Même uniforme strict et mélange harmonieux d'une enfance ouverte sur le monde. Brassages nés des communautés des anciens protectorats britanniques venues se fondre, dans la 'mère patrie'.

Un jour, à l'écoute d'une émission consacrée au développement, Claire avait été frappée par l'unanimité des participants à reconnaître que la formation était la seule voie de salut pour tous les peuples. Un jeune Africain avait ensuite pris la parole pour expliquer l'aide efficace apportée dans sa province par des retraités et préretraités européens. Il jugeait l'expérience inestimable.

Profondément troublée par ces propos, elle était revenue ce jour-là, comme dans tous les moments importants de sa vie, s'isoler face au Bassin et communier avec lui. Assise sur la plage, dans une quiétude quasi absolue, seule la présence d'un sterne l'avait, un moment, écartée de ses pensées. L'oiseau, à l'affût de quelque trésor, suivait lentement la rive d'une baïne d'eau claire qui reproduisait son image parfaite. Elle suivit sa progression élégante sur ses fines pattes, et chaque coup de bec dans l'eau donnait à Claire l'illusion d'un combat de deux oiseaux, bec à bec, combat silencieux qui s'était terminé dans une grande envolée.

Dans le calme absolu qui l'entourait, des éléments se précisaient peu à peu, éléments qu'elle cherchait confusément depuis longtemps pour bâtir sa deuxième vie. Au fil des jours, elle avait senti grandir une idée qui prenait forme. Ce soir, cette idée s'imposait, partir. Partir, elle aussi, à l'image de ces retraités, là où elle serait utile, où elle donnerait un sens à sa vie...

Oui, partir... mais son regard embrassa soudain ce monde de sable et d'eau et des larmes perlèrent à ses paupières. Qu'il était dur d'être toujours seule pour affronter les grandes décisions de sa vie ! L'absence de Daniel l'effleura en cet instant, ressurgie... une épaule sur laquelle poser sa tête, un conseil affectueux, une fin de vie à deux. Et l'image un peu floue, si lointaine, de son petit bonhomme chéri, le premier à fouler le sable blond de son univers, puis celles d'Isabelle, de Bastien et de Marie, plus précises. Lui faudrait-il renoncer à ces moments heureux ? Et ses enfants qui la soutenaient et l'encourageaient tant dans ses projets ! Cette faiblesse l'avait ébranlée un long moment, tandis que le soleil déclinait, qu'un vol de mouettes se fondait dans les dernières lueurs du couchant...

*

Finalement, elle a pris sa décision. Mûrie longuement, cette décision est à présent sans faille. Décision prise seule, se fiant à sa seule volonté, sans le conseil de quiconque, écartant tout regret, tout retour en arrière. Partir, loin, où l'on aura besoin d'elle, retrouver un monde en mutation, y revivre. Fuir une cage dorée où sa solitude l'écrase. Voilà ce qu'elle fera de sa liberté, liberté qui a grandi à l'ombre de sa souffrance et qui s'impose à elle, à présent, comme une évidence.

Mais prendre la décision de partir même pour une noble cause n'est pas le signal du départ. Elle en fera la rude expérience. Deux années durant, elle va livrer un combat, déployant toute son énergie, toute sa détermination. Lassée, jamais découragée, elle reviendra fréquemment vers cette nature qui ne l'a jamais trahie, pour y reprendre des forces. Deux années d'une intensité extrême qui vont la préparer à ce départ qui, finalement, s'imposera lui aussi.

Sur ce chemin, sa première étape est fortuite. Feuilletant distraitement les annonces d'une revue, un titre la fait soudain réagir « *Une retraite utile, pourquoi pas ?* » L'article parle d'une association de retraités dont la vocation est d'apporter bénévolement l'expérience professionnelle de chacun, aux pays *en développement* qui en feraient la demande. Le siège à Paris[2] se charge de recevoir les demandes de ces pays et d'aiguiller vers eux les adhérents compétents dans le domaine demandé. Elle ira à Paris rencontrer ces bénévoles sédentaires qui accomplissent un extraordinaire travail de

---

[2] AGIR abcd, 8, rue Ambroise Thomas, 75069 Paris

coordination entre la France et les pays demandeurs. Elle admirera et partagera leur foi dans l'homme. Travail obscur, anonyme, dans des locaux exigus au cœur de la capitale. Ils utilisent compétences et relations à la recherche inlassable de l'organisme, du ministère, qui leur allouera les subventions indispensables. Hommes et femmes, d'un dévouement sans bornes qui lui accorderont une amitié sans partage, amitié sur laquelle elle a toujours pu s'appuyer au cours de sa deuxième vie qui s'amorce à peine.

Recherches incessantes. Deuxième rencontre. Parcourant un jour les allées d'un Forum des Associations bordelaises, elle découvre un stand dont l'appellation l'intrigue *Ecole Internationale de Bordeaux*[3]. Une journée *portes ouvertes* lui donne l'occasion d'une visite.

La chaleur de l'accueil, le croisement incessant des hommes et des savoirs vont faire de ce lieu un cadre privilégié pour Claire. Elle va s'épanouir et concrétiser ses rêves. Un projet d'installation de bibliothèque au Mali lui permet d'entrer dans cet établissement pour s'initier à une tâche de documentaliste qui lui est peu familière. Elle sera associée avec bonheur à toutes les activités du centre de documentation, travaillant dans une franche collaboration pleine d'amitié. Quelle émotion pour elle de découvrir dans le courrier du matin, les journaux de tous les pays francophones, de les disposer dans le coin lecture afin que chacun y puise les nouvelles de son pays. Elle rencontrera chaque jour des cadres nombreux de chaque pays, venus en séminaire de trois ou quatre semaines. Richesse des échanges, ouverture des esprits. La plupart des stagiaires venaient d'états africains, indépendants et soucieux de se développer au mieux après des décennies de colonisation.

---

[3] Agence de Coopération Culturelle et Technique

Quelles précieuses rencontres ! Elle voit grandir à leur écoute son désir de participer au développement de pays dont les besoins sont immenses.

Le carnet d'adresses de cette époque qu'elle conserve pieusement lui rappelle quelques espoirs déçus, chaque nom replace dans son esprit les rêves qui l'ont accompagnée, les conseils chaleureux qui l'ont aidée à poursuivre...

*

Après ces journées intenses, combien elle appréciait les fins de semaines. Elle retrouvait sa maison, son monde, ses rivages. Elle revivait en pensée les échanges de la semaine écoulée, elle se rappelait les visages...

Ce matin là, plein de soleil, elle marchait, tournée vers les passes, vers les bancs de sable éclatants de lumière alors que la crête des vagues s'agitait au loin. Cette lumière s'harmonisait si bien avec ses pensées !

Rebroussant chemin elle fut frappée par la présence d'une masse noire nuageuse qui montait du fond du bassin. Très vite l'averse éclatait. Elle était transie, saisie par le froid, l'eau, la soudaineté de l'ondée. Une fois encore, son incorrigible tendance à trouver des signes prémonitoires dans les phénomènes naturels se vérifia... Nuages futurs, elle ne les ignore pas, elle sait que les difficultés l'attendent. Mais elle est trop décidée à les affronter pour les oublier dès que le soleil refait une apparition soudaine.

Elle ne partira pas au Mali. Ce sera sa première déception, de courte durée, il est vrai, puisque les Maliens se sont pris eux-mêmes en charge pour la réalisation de leur projet.

Son stage de bibliothécaire terminé, sans attendre une autre proposition hypothétique, elle comprendra le profit qu'elle peut tirer de sa présence exceptionnelle au sein de ce temple de la francophonie.

Poussée par une énergie qui la dépassait presque, elle animera en accord avec l'association AGIR, les soirées dites de *connaissances mutuelles*. Au début de chaque séminaire, durant quelques heures, elle expliquera à un auditoire oh ! combien attentif, l'aide que l'association pouvait apporter aux projets les plus divers dans leurs pays respectifs.

Elle n'oubliera pas la pertinence de leurs questions, surprenantes, troublantes souvent. Questions dans lesquelles elle découvrait des préoccupations tellement éloignées de celles des Européens ! Elle y décelait des besoins réels et la fierté de pouvoir les dire. Elle ressentait cette sensibilité à fleur de peau pour tout ce qui touchait à leur dignité. Elle comprenait combien toute forme de colonialisme pouvait les blesser encore ! Elle ressentait déjà l'extrême délicatesse qu'elle devrait apporter dans ses rapports futurs si elle partait un jour chez eux.

Soirées qui se terminaient tard, très tard souvent, au gré de l'intérêt suscité. Et quand, dans la nuit, elle reprenait sa route, solitaire, pour rentrer chez elle, elle ne s'apercevait pas de la longueur du trajet, l'esprit bouillonnant encore de tous les propos entendus.

Pouvait-elle oublier cette soirée qui s'était terminée sous les étoiles, sur le perron de l'Ecole, sans souci de l'heure qui passait ? Antoine, du Burundi, n'avait-il pas imaginé, à son écoute, un projet de maison d'accueil pour développer le tourisme dans son pays, projet où il l'associait et qui leur avait valu, après l'assurance du soutien de l'Association AGIR, une longue correspondance de conseils réciproques, de propositions de part et d'autre, d'aides de toutes sortes.

Elle se rappelle les enveloppes postées de Bujumbara, éclairées de grands timbres à l'image des fleurs luxuriantes de son pays. Ses longues lettres, son écriture fine et serrée, la pureté de son style. Il y détaillait leurs projets qui avançaient bien, il la remerciait avec délicatesse de son aide, de sa disponibilité.

Et puis la correspondance s'était arrêtée brutalement, alors que lui parvenaient les nouvelles alarmantes de massacres dans son pays. Claire avait craint le pire. Craintes non confirmées, mais aucune enveloppe fleurie n'est jamais plus revenue éclairer son courrier. Barbarie inconcevable, lamentable gâchis venu faucher cette précieuse collaboration.

Rwanda, Burundi, petits pays d'Afrique Centrale. Pays aux mille collines, nature protégée, température adoucie par l'altitude, où elle rêvait si souvent de partir. Images souillées par tant de sang et d'atrocités !

*

Claire a découvert l'immensité des besoins de ces pays. Elle a compris, aussi, combien la formation d'enseignante qu'elle pouvait leur proposer, bien qu'essentielle, n'était pas encore prioritaire. Il leur fallait d'abord l'aide matérielle pour que toutes ces populations vivent mieux. Aussi, les listes des missions demandées à AGIR concernaient-elles, dans ces années 85-86, le développement lié à la terre, à l'eau, au forage de puits, à la construction de barrages, ainsi qu'à la santé.

Alors l'esprit de Claire se mit à voyager plus que jamais le long de ses promenades marines où elle s'échappait dès que ses démarches lui laissaient un peu de répit. Augmenter ses chances de départ, c'est à cela qu'elle devait s'attacher. Pourquoi ne pas acquérir des notions de secourisme, qualification à sa portée, qui pourraient rendre service ? Et Claire repartit, deux soirs par semaine, rejoindre un groupe de jeunes volontaires apprenant les soins d'urgence. Elle y retrouva l'atmosphère studieuse du collège écossais où elle avait appris l'anglais et participa à tous les exercices pratiques... sur des mannequins. Mais le jour où elle reçut fièrement son *brevet de secouriste de la Croix Rouge*, elle réalisa l'engagement pris et les responsabilités qui pouvaient mettre en jeu le bien le plus précieux de l'homme, sa vie. Elle souhaita du fond du cœur n'avoir jamais à s'en servir, jugeant ses connaissances médicales trop rudimentaires.

Mais quelle joie lorsqu'elle fut invitée, à l'Ecole Internationale, à participer, quatre semaines durant, à un séminaire de perfectionnement en « *Evaluation des manuels d'alphabétisation des adultes ».* Elle se réjouit à la réception du courrier de présentation du stage, à l'idée qu'elle allait, une fois encore, travailler en compagnie d'une vingtaine de stagiaires en provenance de pays différents. Elle n'oubliera jamais la séance d'ouverture où son premier coup d'œil lui avait fait embrasser une assemblée si diversifiée, tant par la couleur de la peau que par les tenues locales arborées fièrement çà et là.

Quelle oreille attentive à la présentation de chacun d'eux ! Des noms qui, jusqu'alors n'avaient appartenu qu'à son atlas : Cap-Vert, Nouveau Brunswick, Uruguay, Ile Maurice, Comores, Burkina Faso, Côte d'Ivoire, Vietnam... Quelle surprise à la découverte du travail déjà entrepris en alphabétisation dans chaque pays ! Elle avait été ébranlée par l'espoir que ce stage avait fait naître en eux, espoir de voir les plus déshérités de leurs pays profiter de cet enseignement.

Lorsque le chef de stage la présenta comme une 'permanente' de l'école, elle réalisa qu'elle avait une place au sein de cette institution et en fut profondément touchée. L'objectif du séminaire fut défini à la fin de la séance : *"Nous allons instaurer un dialogue permanent et constructif entre différentes cultures"*. Pouvait-elle rêver d'un programme plus idéal ?

*

Quatre semaines, plongée dans un univers dont elle ne soupçonnait pas la richesse. Quatre semaines qui la récompensaient de sa persévérance. Quatre semaines durant lesquelles son penchant à la rêverie l'avaient transportée aux quatre coins de la planète, grâce à ceux qu'elle côtoyait quotidiennement. Avec eux, elle avait étudié l'ensemble des manuels d'alphabétisation utilisés dans le monde francophone, fait des évaluations, des propositions pour le futur...

Combien elle avait aimé cette atmosphère de travail, les questions posées avec patience et pertinence. Combien elle avait apprécié les travaux de groupe où chacun apportait ses réflexions, sa bonne humeur et sa décontraction. Ecoute attentive, temps qui semblait ne pas compter lorsqu'il fallait apporter les réponses les plus justes aux questions soulevées.

Pouvait-elle oublier Jean-Baptiste, du Burkina Faso, assis à sa droite en cours qui la saluait chaque matin par un retentissant *"Bonjour voisine"*. Jean Baptiste lui montrait les pièces de monnaie de son pays, les *pissis* et *les piyés*, lui racontait les coutumes de son village natal, étranges coutumes à peine concevables pour son cerveau d'Européenne.

Elle était loin de se douter que bientôt elle serait invitée aux cérémonies dont il lui parlait dans les villages de son pays, qu'elle paierait en *pissis* et en *piyés* tomates, patates douces et ignames dans la moiteur des marchés africains bruyants et colorés[4].

Moments de décontraction à la cafétéria où elle apprenait le pays de chacun, où elle notait des adresses qui pourraient lui être utiles, où elle écoutait la musique de l'un, les récits d'un autre... Repas pris en commun. Elle découvrait les cuisines du monde, la variété des épices trop cuisantes souvent à son palais, saveurs nouvelles, douceur d'une pâtisserie, fruits inconnus, première mangue où ses dents heurtèrent durement l'énorme noyau qu'elle ne soupçonnait pas, mangue ramenée du Burkina Faso par Pierre, qui lui avait offerte...

Les soirées se prolongeaient de plus en plus tard. Elle avait jugé utile de prendre une chambre à l'internat de l'école pour participer aux travaux et aux soirées qui annonçaient la fin du stage.

Adoptée par tous, travaillant d'égal à égal, elle n'avait pu s'empêcher en fin stage de s'adresser à tous ses camarades stagiaires en des termes qu'elle avait gardés précieusement et dont chacun avait emporté le texte :

"Mes amis, j'ai vécu grâce à vous une tranche de mon existence qui aura été pour moi un rayon de soleil, un recul de la vieillesse, un inestimable bain de fraternité et d'amitié... Je rêvais d'amis, je rêvais d'évasion, je rêvais de frontières abolies, je rêvais d'amour entre les peuples. Je n'en espérais pas tant. Dans ce monde clos qu'est l'Ecole Internationale, ce rêve est devenu réalité et la carte du monde ne sera jamais plus pour moi un papier froid et sec.

---

[4] *L'Ecole du Manguier*, Editions L'Harmattan

Là bas, au Canada, j'entendrai le rire cristallin de Reine. Au Vietnam, j'entreverrai notre ami Thu, discret et plein de gentillesse. Les Iles du Cap Vert... J'en retiendrai tout simplement le charme dans son plein épanouissement de notre Florenço musicien. L'Ile Maurice... Rêve du touriste... Mais Maurice Druon, de l'Académie française, dira mieux que moi ce que j'ai trouvé en Amarnath, notre camarade indien : "...la qualité de la civilisation des hommes qui la peuplent, sensible dans le regard intense qui vous observe, le sourire qui vous accueille, l'attention portée à votre parole...", qualité de civilisation due, pense-t-il "au mélange de deux grandes multimillénaires et spirituelles cultures, l'européenne et l'indienne, mélange qui s'est opéré de façon privilégiée et exemplaire à l'aide et par la vertu de la langue française..."

L'Uruguay, découvert avec Héléna parce que ses racines profondes et pleines de soleil transpirent au travers de cette Sud Américaine transplantée en Belgique. Les Comores... Iles lointaines de l'océan indien... La rigueur islamique peut-être, à la recherche de la précision, le doigt de Darkaoui qui s'est levé si souvent, un doigt que j'attendais parce que je savais que la discussion repartirait et que les échanges se compléteraient. Enfin tous ces pays africains côtoyés chaque jour...

Laissez-moi vous dire que chacun de vous m'a apporté le soleil de son pays, le charme de sa langue, la spontanéité de son amitié. Vos sourires à mon égard, chaque matin retrouvés, ont été, pour moi, le meilleur encouragement à persévérer dans notre travail en commun. Une qualité profonde vous a tous animés : le souci de la recherche de la perfection dans l'accomplissement de votre tâche d'alphabétiseur. Vous êtes venus ici chercher les moyens de la trouver, ce qui prouve à quel point vous aimez et respectez les plus démunis de vos concitoyens et combien compte pour vous la qualité de l'homme. C'est une merveilleuse leçon d'humanité.

Vous allez repartir chez vous, je vais rentrer chez moi. Une grande cassure va se faire mais vos images ne sont pas prêtes de s'effacer.

J'y puiserai de précieux souvenirs et le désir encore plus fort d'aller vous aider, sur place, où l'on aura besoin de moi."

*

Claire mesure avec bonheur la somme de connaissances et de découvertes qu'elle a emmagasinées depuis le jour où elle a pris sa grande décision. Combien elle se sent confortée dans son choix, plus armée pour affronter un départ. Elle a posé de solides jalons, conseillée, encouragée, guidée par tous ces nouveaux amis durant ces deux années de recherches. Elle attend, confiante... N'a-t-elle pas déjà reçu un aérogramme l'invitant à partir en Inde dans un home d'enfants ? Elle serait attendue à l'aéroport de Madras dans quelques mois. Les numéros de téléphone glanés au hasard de l'écoute de programmes, de rencontres s'accumulent auprès du combiné téléphonique...

Elle utilise les enseignements du stage d'alphabétisation auprès de travailleurs immigrés à Bordeaux. En compagnie de jeunes étudiants, tous volontaires, elle leur consacre quelques heures par semaine, dans un local triste et vétuste. La gratitude qui se lit dans les yeux et le sourire de tous ces étrangers sont ses meilleures récompenses.

Ce temps de répit, après l'intensité des semaines passées, lui laisse tout le loisir de revenir le long de ses rivages marins pour un temps délaissés. Ce ne sont plus des rêves un peu flous qui l'accompagnent. Elle s'attache moins à son environnement familier, appréciant surtout la paix, le silence, le bercement du clapotis, la douceur des horizons lointains qui lui permettent de décanter les images qui se bousculent dans sa tête. Les visages rencontrés se chevauchent, les moments intenses ressurgissent à l'esprit, s'y prolongent au gré de leur intensité... C'est là qu'elle revit avec beaucoup d'émotion les moments de tendresse qui ont émaillé cette période déjà si riche en amitiés. Tendresse d'un autre monde qui lui a été offerte, qui l'a étonnée d'abord, puis conquise par sa pudeur et sa délicatesse. Tendresse qui lui a ouvert des rêves de forêts encore vierges, de fleurs luxuriantes et de chauds océans. Tendresse éphémère, elle en avait conscience. Mais pouvait-elle se soustraire à ce regain de jeunesse, cette vitalité qui l'habitait, ce bonheur de s'épancher, d'étancher enfin sa soif de partage dans l'émotion commune d'un beau spectacle, d'un paysage, d'un livre, d'une musique...

Elle en a savouré tous les instants, sachant qu'ils allaient se fondre dans le ciel de l'aéroport de Mérignac, point noir de l'avion qui le ramènerait dans son monde lointain. Pouvait-elle oublier ces autres points noirs dans le ciel girondin qui avaient emporté, à travers ses larmes, sa grande fille et son petit bonhomme ? Sans doute une marque de son destin...

Mais ce n'est pas du chagrin qu'elle éprouve, c'est un souvenir tendre et ému qu'elle enfouit au fond de son cœur comme un précieux talisman. Confiance en elle renforcée, confiance en la femme qu'elle n'a cessé d'être, femme qui s'assume dans ses désirs les plus intimes comme dans les projets qu'elle s'est forgée. Liberté qui se découvre dans son plein épanouissement, délivrée, elle le pense très fort dans ces moments de paix, d'un passé qui a cessé de la détruire.

Liberté prête à servir.

*

L'été est revenu. Sa maison a retrouvé les rires d'Isabelle, de Marie et de Bastien. Elle a savouré ces retrouvailles de vacances et partagé avec ses enfants ces moments précieux sur lesquels planait une attente nourrie d'encouragements et de soutien.

Elle se souvient si bien de ces vacances qui ont précédé le départ, de l'émotion qui l'étreignait à l'idée de laisser tout ce qu'elle avait de plus cher au monde, pour un inconnu qu'elle désirait pourtant de toutes ses forces.

Et puis, dans un matin plein de lumière, une enveloppe blanche est arrivée, timbrée de l'Ardèche. Une écriture qu'elle ne connaissait pas... Un coup au cœur, vite, tous pressés auprès d'elle, entourée, pour une fois, dans un grand moment de sa vie, jouissant de leur présence affectueuse. Bonheur partagé par tous, réponse positive qui la comblait mais lui laissait aussi le temps de la réflexion.

Elle avait, quelques semaines auparavant, relevé une adresse en écoutant à la radio l'émission *Contacts*, de Jacques Pradel. Une expérience hors du commun était tentée au Burkina Faso, à la frontière sahélienne, dans un centre agro-écologique. On y apprenait aux paysans de la région, à reconstituer l'humus sur leurs terres désertifiées. Adjoint à ce centre, un campement hôtelier ouvert aux touristes amateurs d'exotisme et intéressés par l'écologie. L'agriculture n'était pas le domaine de Claire, mais elle avait néanmoins été attirée par ce campement hôtelier où elle aurait peut-être sa place, souhaitant découvrir en même temps ce personnage ardéchois, Pierre Rabhi, dont les propos sur la dignité de l'homme retrouvée grâce à une autosuffisance alimentaire, l'avaient profondément touchée.

Et voilà que ses yeux embués de larmes découvraient Pierre Rabhi ! Celui-ci avait personnellement répondu à sa lettre, expliquant que campement hôtelier et centre agro-écologique avaient été ouverts par une compagnie de charters aériens, le *Point Mulhouse*, au bénéfice du Burkina Faso. Les profits du campement hôtelier servaient à couvrir les frais de voyage et d'hébergement des paysans stagiaires.

Ces deux établissements étaient situés à la frontière du Mali, à Gorom Gorom, mais étaient en relation permanente avec le siège du *Point Mulhouse* dans la capitale, Ouagadougou.

Pierre Rabhi lui proposait donc de tenir, à Ouagadougou, le bureau de coordination avec Gorom Gorom. En un premier temps, il l'invitait à vivre quelques semaines au centre agroécologique pour en connaître le fonctionnement et l'initier à sa méthode. Son travail consisterait ensuite à expliquer aux voyageurs arrivant à Ouagadougou ce qui se passait à Gorom Gorom et à les aiguiller vers le Centre.

C'était un travail de relations publiques, lui disait-il, où elle devrait parler aux gens, recevoir, à l'occasion, des personnalités. Son métier d'institutrice lui donnait toute confiance pour rédiger lettres et rapports... Il l'invitait à réfléchir d'abord à ces propositions, puis à se mettre en rapport à Paris avec son associé pour régler toutes les questions matérielles de départ et de voyage.

Il se dégageait de cette lettre beaucoup de sensibilité, de foi dans le projet. Pierre lui disait aussi avoir senti, dans sa lettre à elle, un désir profond de servir et de se rendre utile. Emus, ses enfants l'entouraient et la félicitaient. Sa ténacité avait triomphé. Comment refuser ces nouveaux contacts humains qui lui plaisaient particulièrement ? Seul son grand fils s'inquiétait du climat, des maladies tropicales... Mais bien sûr elle acceptait, concrétisant enfin son désir.

Sa première tâche fut d'informer l'association AGIR de cette proposition. Applaudissant des deux mains cette intervenante qui avait trouvé par elle-même une mission, ils approuvaient sa décision, étaient prêts à l'aider matériellement pour le départ. Elle avait aussi découvert dans l'enveloppe la présentation de deux livres écrits par Pierre Rabhi[5]. A leur lecture passionnante, elle avait entrevu la grande humilité de cet homme face à la nature qu'il ne fallait pas trahir. Pour la première fois, se posait pour elle, de manière éclatante, la question de la terre menacée par l'homme qu'il fallait sauver à tout prix. Elle voyait déjà la richesse qu'elle allait retirer de ces rencontres.

---

5 *Du Sahara aux Cévennes*, Editions Albin Michel
Le Gardien du feu, Editions Candide

*

Claire partit donc à Paris rencontrer Serge, l'associé de Pierre Rabhi, l'homme sur lequel il se déchargeait de toutes les questions matérielles.

Garçon sympathique, lui rappelant son fils, il lui expliqua que, parallèlement au travail de relations humaines, elle serait aussi en contact tous les jours avec Gorom Gorom par radio-téléphone pour prendre les réservations des touristes pour le campement hôtelier, mais aussi les commandes de nourriture pour la restauration. Elle aurait un 4x4 à sa disposition et un chauffeur pour la conduire dans les marchés. C'était le mois d'août. Si elle était d'accord, elle pourrait prendre l'avion du quatre novembre à Marseille. Il l'attendrait à Ouagadougou. Rendez-vous pris pour cette date...

Retour à Arcachon. Elle retrouve ses enfants prêts à repartir en Ecosse pour une rentrée scolaire fixée au quinze août. Rapides calculs. Le quatre novembre est encore loin et ses enfants la décident à reprendre la route avec eux, pour revoir leurs amis écossais. Quinze jours durant lesquels elle peut profiter de toutes les amitiés là-bas, invitée, encouragée, de l'affection d'Isabelle, de Marie et de leurs parents.

Le cœur rempli d'émotion à l'aéroport de Glasgow, ils savaient tous que cette séparation ne ressemblait en rien aux autres, teintée d'espoir bien sûr mais de doutes, malgré tout, qui planaient sur cette aventure dans l'inconnu !

Elle n'eut pas trop de deux mois pour préparer son expédition. Contrats à établir entre AGIR et *le Point Mulhouse*, vestiaire à compléter, achats conseillés à tous les intervenants en partance pour l'Afrique. Les problèmes de santé des populations africaines lui apparurent au moment des vaccinations multiples, avant son départ. Elle avait la chance, elle, d'être vaccinée. Mais eux... Quels dangers affrontés au quotidien ! Son fils s'en inquiétait, lui. A chaque retour, il n'était pleinement rassuré que lorsque tous les examens médicaux de contrôle avaient été effectués. Elle ne confiera jamais aux siens la réflexion de ce médecin de l'hôpital militaire de Bordeaux qui la vaccinait contre la fièvre jaune : *"Vous partez à Ouagadougou ? Je connais bien. J'y ai fait mon service militaire. Il faut savoir que là-bas, ce sont souvent les vautours qui mangent les pansements de l'hôpital sur les tas d'ordures !"* Un frisson d'horreur l'avait parcourue. Elle comprenait mieux les conseils d'hygiène qu'AGIR prodiguait à tous ses intervenants.

Vautours, sinistres compagnons de ces terres d'Afrique. Quelques jours après, sur un misérable marché, en route vers le Sahel, elle en verra agglutinés autour de l'étal sommaire d'un boucher. Plus tard, ils tourneront autour de la table d'un restaurant en plein air, où elle dégustait un poulet grillé, avec les doigts, en compagnie d'un couple d'Africains. Ces fossoyeurs guettaient les os qu'ils leur jetaient à terre. L'homme lui dit en riant, devant sa mine un peu effarée : *"Mais les vautours, on les aime ici. On les protège. C'est un peu notre service de voirie."*

La réflexion de ce jeune médecin à Bordeaux résonnera à ses oreilles lorsque, l'année suivante, elle se rendra dans le vieil hôpital de Koudougou pour prendre des nouvelles d'un jeune africain accidenté de la route. La nuit tombait sur une cour intérieure bordée de galeries couvertes, où elle devinait des ombres qui s'agitaient autour des lits.

"C'est la famille", lui dit-on, *"qui vient porter à manger à ses malades."*

Des marches lépreuses menaient à la porte d'entrée restée ouverte pour faire rentrer la fraîcheur du soir. Deux lits occupés encadraient la porte. Au milieu du couloir, un drap tendu, d'une propreté douteuse. *"Derrière"*, lui dit-on, *"c'est la salle d'opération"*. Elle était abasourdie. Elle revoyait l'École Internationale de Bordeaux, son parc de verdure, la bibliothèque, les stagiaires. Devant cette misère étalée sous ses yeux, elle réalisait que dans le milieu aseptisé de l'École, elle avait découvert l'Afrique 'en laboratoire'.

Ce vieil hôpital sera fermé peu de temps après. Un nouvel hôpital clair et propre, l'*Hôpital de l'Amitié*, avait été construit par les Chinois. Elle envisageait plus sereinement d'y être transportée... si nécessaire.

Les préparatifs du départ se poursuivent. Claire ne peut imaginer partir sans emporter un carton de livres scolaires dont l'utilité ne faisait guère de doute. Réflexe d'enseignante. La municipalité d'Arcachon l'autorise à trier tout ce qui l'intéresse parmi les livres destinés au rebut. Elle ne regrettera pas ce lourd bagage supplémentaire...

*

Quatre novembre, matinée. Dans la chambre d'hôtel, près de l'aéroport de Marseille, elle a ouvert son calepin d'Ecosse dans lequel elle consigne ses notes personnelles :

"Un soleil provençal chauffe mes mains et mon calepin à travers la vitre. Paysage d'Alpilles grises sans doute parfumées de thym et de romarin... route taillée dans le flanc gris... un pin parasol se découpe dans un ciel d'un bleu profond, un ciel qui me prépare à celui de l'Afrique. Je suis calme. Pas de regrets vers cette solitude insupportable. Tout est en paix avec la France. J'ai fait hier matin une ultime promenade, un peu de nostalgie au cœur, le long du Bassin. J'ai téléphoné à Glasgow hier soir. Ici le décor est nouveau, mes alignements de pins sont loin... Bonjour la Provence, à très bientôt l'Afrique !"

16h30, aéroport de Marignane. Rendez-vous avec le *Point Mulhouse* devant la porte d'embarquement. Une foule énorme se presse, Africains, Européens. Claire engage la conversation avec un couple de Français, près d'elle. L'homme fait des forages de prospection de l'or dans une province du Burkina. Sa femme l'accompagne pour la première fois. *"Elle n'est pas trop rassurée"* dit-il *"car je travaille en brousse et elle n'aime pas tous les insectes qui fourmillent là bas... mais je serai là pour la réconforter."*

Un éclair d'amertume dans le cœur de Claire devant cette femme protégée... Mais elle n'a pas le temps de s'attendrir. Les portes s'ouvrent, découvrant un énorme Boeing 707 frappé du grand point bleu de la compagnie. La foule se précipite vers cet oiseau imposant. Le foreur part devant pour garder une place à sa femme et à Claire. Elles attendent, au pied de la passerelle, que le monde s'engouffre tandis que des cameramen, en haut, filment la montée des passagers. Rien de comparable entre cet avion et les diverses compagnies avec lesquelles elle a déjà voyagé. Places non réservées, atmosphère bon enfant, les hôtesses discutent avec les passagers.

Les nouveaux compagnons de Claire s'inquiètent de son sort : *"Vous partez toute seule ? On vous attend au moins à l'aéroport ?"* - *"Je l'espère, on m'y a donné rendez-vous..."* - *"De toutes façons, voici l'adresse et le numéro de téléphone de l'hôtel où nous descendons, n'hésitez pas à nous appeler"* - *"C'est gentil, merci."*

L'avion décolle dans le jour qui décline... l'étang de Berre, Marseille au fond, et la nuit tombe sur la Méditerranée. Intriguée par les cameramen qui interviewent hôtesses et stewards, Claire s'adresse à l'un d'eux qui lui répond : *"Nous sommes de FR3 Mulhouse, nous faisons un reportage sur le Point Mulhouse, l'association humanitaire, et nous serons demain à Gorom Gorom !"* Gorom Gorom ! Quelle coïncidence !

0h30, Ouagadougou. *"Bienvenue à Ouagadougou". La température extérieure est de 31 degrés "*, annonce l'hôtesse. Claire suffoque à l'ouverture de la porte... Traversée à pied sur la piste sous les étoiles d'une brillance étonnante. Prise en main par les douaniers africains. Fouille des personnes, des bagages... Une foule attend, dehors. Difficile de déchiffrer des visages noirs dans la nuit... Claire cherche du regard, un peu inquiète. Elle aperçoit enfin Serge, qu'elle a rencontré à Paris. Il est là avec un 4x4. Ses foreurs sont rassurés et se perdent dans la foule. Rassurée, elle aussi, une chaleureuse poignée de main la réconforte. *"Attends-moi ici, je vais chercher les trois agronomes qui étaient avec toi dans l'avion".*

Elle regarde autour d'elle. Sur le fronton de l'aéroport une énorme pancarte « *Honte à l'impérialisme !* » Idées clairement affichées qui l'amusent. Une nuée de vélos, de mobylettes. Ça bouge, ça grouille. Des jeunes enfants s'approchent de Claire, la main tendue. Serge les écarte, en disant : *"Ne leur donne rien. Il faudra t'habituer à cela. Ils ne doivent pas mendier, c'est dur, mais c'est ainsi..."*

Mais Claire n'a pas le temps de méditer sur cette réflexion brutale. Serge lui présente les trois agronomes qui l'accompagneront à Gorom Gorom. Ils montent dans le 4x4 avec une Africaine qui ne trouve pas le bus navette de son hôtel. Accablés de chaleur, de sommeil, fourbus, ils arrivent enfin à leur étape de la première nuit. L'hôtel étant complet, Serge demande à Claire si elle veut bien partager sa chambre avec l'Africaine. Le partage... C'est le sens de sa nouvelle vie. A l'Africaine.

*

Il fait grand jour quand Claire émerge d'un sommeil réparateur dans une chambre agréable. Le ronronnement du climatiseur la surprend. Echanges amicaux avec sa compagne de nuit, une Ivoirienne, qui a déjà pris une douche, revêtu une seyante tenue rose, turban assorti. Elle est superbe.

Claire se dépêche. Elle a hâte de respirer l'Afrique, d'en avoir ses premières visions, ses premières sensations. Il fait très chaud. Elle a laissé l'Europe saisie par les morsures d'un hiver précoce. La transition est brutale. Premier étonnement : dehors elle découvre de luxuriants massifs de plantes à l'air libre dont les feuilles rouges sur le dessus illuminent le vert sombre de la base. Ornement des appartements européens étalé ici dans la plénitude de son épanouissement. Sa compagne la guide dans ses découvertes : *"C'est la fin de la saison des pluies et l'Afrique est encore bien verte. Mais cela va changer très vite."* Bananiers, fougères géantes, cactus, tout cela se mêle et s'enchevêtre sur une terre ocre qui la surprend. Fuites rapides de gros lézards sur les murs chauffés de soleil. Pas trop rassurant... Il faudra s'y faire ! Mais le jardin s'anime, les cameramen filment. Elle retrouve Serge et ses compagnons pour un petit déjeuner apprécié. L'Ivoirienne les quitte, la navette de son hôtel vient la chercher. Claire ne reverra jamais cette compagne d'une nuit.

Les souvenirs de cette première journée restent assez confus dans l'esprit de Claire : traversée de Ouagadougou dans le 4x4, sympathie spontanée avec Jean et Jean-Claude, les deux agronomes et Anne, cultivatrice de la Drôme. Ouagadougou, un film qui défile en accéléré. Fruits de soleil sur des étals bancals, large avenue rectiligne et goudronnée qui se déroule jusqu'à la Présidence[6]. Foule colorée, bruyante. Fardeaux sur la tête des femmes, ballets de mobylettes surchargées. Petites boutiques hétéroclites aux enseignes naïves et colorées, pancartes géantes de propagande gouvernementale « *Mangeons Burkinabé* », « *Habillons nous Burkinabé* », « *Vaccinations Commando* », « *Alphabétisation Commando* ». Un monde étrange qu'elle découvre, rien ne rappelle l'Europe, le dépaysement est total.

L'arrivée, enfin, au siège du *Point Mulhouse*. Une superbe propriété située en bordure d'une large avenue de terre ocre, ombragée, grands arbres, vasques fleuries, palmiers, un grand panneau en évidence « *Un visiteur, un arbre. La désertification n'est pas une fatalité. Ministère du Tourisme et de l'Environnement, Association Point Mulhouse* ».

Face à elle, une pimpante bâtisse blanche *Point Air*. On y délivre les billets d'avion. Bar sympathique sous la véranda, fauteuils en bois où Blancs et Noirs bavardent.

A gauche, maisonnette blanche au toit plat le *Point Gorom*. *"Ce sera chez toi"*, lui dit Serge. Dans une allée parallèle, un autre bâtiment blanc, le *Point Raid*, devant lequel stationnent deux 4x4. Et Serge explique : *"Le Point Mulhouse organise aussi des raids de plusieurs jours qui vont jusqu'au Mali en pays Dogon. Il y a toujours beaucoup de clients."*

On poursuit la visite. Claire découvre le bureau du *Point Air*, coquet, accueillant personnel burkinabé auquel Serge la présente *"Future collaboratrice"*. *"Bonne arrivée"* lui répond-on et elle serre avec un peu d'émotion la main de tous ces gens avec qui elle va travailler. FR3 suit partout, filme sans

---

[6] Le palais présidentiel

relâche. Le départ est fixé pour l'après midi, mais bientôt un contrordre : *"Trop tard pour se mettre en route. Départ demain matin, à sept heures."* Rafraîchissements au bar, la chaleur est dure. Claire apprécie les ombrages épais, le fauteuil blanc où elle se relaxe avec délice malgré la présence de gros lézards familiers des murs chauds. Moments de détente. On apprend à se connaître, à découvrir un peu les motivations de chacun. Destination de longue durée pour ses trois compagnons, ardents défenseurs de l'agroécologie, plus brève pour elle. Un coup d'œil au *Point Gorom* où elle vivra quelques mois. Chambre, salle de douche, étagères de bois brut, de la poussière accumulée, un grand lit, un endroit qui n'attend pas vraiment sa venue, mais la douche et la climatisation la rassurent. Devant sa porte, la végétation éclate de partout, une véritable oasis.

Tout près, une autre porte, son bureau : grand meuble fonctionnel et, à côté, un imposant appareil, assez vieillot, le radio-téléphone grâce auquel elle établira tous les jours le contact avec Gorom Gorom. Serge lui en explique le fonctionnement et Claire peut entendre une première voix, venant du Sahel, qui la laisse rêveuse. Et comme elle s'étonne de la mauvaise qualité de la réception : *"Ah ! c'est l'harmattan, le vent qui vient du Sahara, et les radios périphériques qui brouillent les lignes. Cela arrive souvent..."*, lui dit Serge.

Première voix du Sahel. Premier personnage aussi surgissant à la porte du bureau. *"Bonjour, Madame. C'est vous qui pouvez porter un message à Pierre Rabhi ?"* – *"Bien sûr, je vais le voir demain"*- *"Je veux qu'on lui dise que cette année, pour mes premières semailles, j'ai utilisé le compost qu'il nous a appris à faire l'an dernier à Gorom Gorom et ma récolte a été bien supérieure à celle des autres années !"*

Combien Claire savourera ces paroles qu'elle aura hâte de transmettre à Pierre Rabhi et combien a été chaleureuse et prolongée la poignée de main de ce vieil homme aux yeux brillants de reconnaissance, dans un visage buriné, vieux et fatigué.

Quelle belle offrande, le soir même de son arrivée, l'apparition de ce paysan africain lui confiant son message d'espoir et de gratitude.

*

A peine remise de l'émotion de cette rencontre, elle est surprise par le déclin rapide du jour. La nuit tombe, il est 18 heures. Serge arrive à ce moment-là flanqué d'un Africain aux vêtements usés et poussiéreux. "*Voici Hamadou, ton gardien. Tu seras seule dans la propriété la nuit, mais il veillera sur toi. Tu n'auras rien à craindre avec lui*". Un gardien ? Pour elle ? A cette annonce, des sentiments partagés l'assaillent. Tout est si nouveau pour elle, mais une poignée de main chaleureuse ponctue cette présentation.

Hamadou, combien de fois son ombre silencieuse passera sous sa fenêtre, le soir, et la rassurera. Hamadou, son compagnon, toujours prêt à lui rendre service, à lui ramener pain et brochettes frites sur l'étal de fortune de l'avenue, alors qu'une journée harassante avait épuisé Claire ou qu'une poussière ocre qui s'élevait au-dessus de la haie de verdure la décourageait de sortir. Elle n'oubliera jamais sa silhouette dans ce long manteau noir élimé qu'il enfilait les soirs de décembre où la nuit qui tombait apportait aux Africains un froid qu'ils supportaient difficilement, simple fraîcheur bienfaisante pour Claire, l'Européenne.

Hamadou, tu auras été pour Claire la première image de la misère africaine, des petits boulots de survie symbolisés par tous ces gardiens de nuit qu'elle découvrait, devant les portails des belles demeures nichées dans la verdure. Demeures, vestiges de la colonisation qui abritaient des fonctionnaires africains ou des coopérants européens. Elle admettait difficilement le mépris affiché pour ces hommes assis toute une nuit sur une chaise ou un fauteuil fatigué, bonnets de laine enfoncés jusqu'aux yeux, luttant contre le froid sous une mauvaise couverture, luttant aussi contre un sommeil irrépressible, afin de protéger les biens des plus nantis.

Six heures... Le jour vient de se lever aussi brusquement qu'il s'était couché et dans la relative fraîcheur du matin, c'est le branle-bas du départ pour Gorom. Serge remplit le 4x4 des légumes, denrées et matériels achetés la veille avec Claire, et destinés au campement. Bidons d'essence pour la route, bouteilles de gaz pour la cuisine du Centre, bagages, un mélange hétéroclite qui garnit aussi bien l'intérieur du véhicule que le toit. Les deux journalistes et leurs caméras bien installés sur le porte-bagages du second véhicule, chargent leurs appareils. Plate-forme improvisée qui leur permettra de traquer des images insolites... Tous prennent les places non occupées par le chargement, priorité au transport des vivres et du matériel. Un jeune couple inconnu tourne depuis un moment autour des véhicules. En habitué, d'un coup d'œil, Serge vérifie l'intérieur des voitures et leur dit : *"Il reste une place assise pour Madame. Si vous voulez vous asseoir, Monsieur, ce sera sur ce gros sac. On peut vous emmener tous les deux."*

Claire comprendra plus tard, le sens réel des dépliants à l'intention des voyageurs voulant se rendre à Gorom « *Un 4x4 sera à votre disposition* ». Un 4x4, oui, s'il y en a un et s'il y a de la place. Débrouillardise avant tout, bonne humeur, tout à l'image de l'Afrique qui choisit de rire de ses difficultés plutôt que d'en pleurer.

Et le petit convoi quitte cette oasis de verdure. Claire va être plongée, sans ménagement, dans la réalité de l'Afrique où elle a voulu s'investir. A peine quittés les allées ombragées et le goudron du centre de la capitale, on s'engage dans les faubourgs. Alignements de cubes tôlés, autant de petites boutiques minables aux enseignes aussi naïves que surprenantes. Des grappes de femmes et d'enfants derrière leurs cuvettes d'oignons ou de tomates posées à même le sol attendent d'éventuels clients sous de maigres arbres chargés de poussière ocre soulevée sur ces routes de terre... Visions de misère dans la chaleur qui monte.

Mais l'habitat s'éclaircit. Bientôt, aussi loin que ses yeux se portent, Claire ne voit que hautes herbes jaunissantes, un arbre ici et là. Subitement, là, une image surgie des livres de géographie de son enfance sous-titrée « *un village africain* ». Un ensemble de cases rondes aux toits de paille entourées de murs de terre ocre d'où émergent quelques arbres. Des enfants, à demi nus, s'en échappent pour saluer notre passage. Vision d'un monde qu'elle pensait appartenir à un autre âge. Se peut-il qu'à seulement cinq heures d'avion d'une Europe saturée de confort et de modernisme, existe encore cette forme de vie si précaire ? Elle croit rêver... Première révolte sourde face à une injustice qu'elle tolérera difficilement au fil du temps.

Surprises et émotions fortes se succèdent sans répit. Elle est assaillie par la compassion, la honte quelquefois. Certaines images la laisseront muette, troublée... Peut-elle oublier les files de femmes, bébés au dos, sortant de ces murs de terre, accourant vers les 4x4 à l'arrêt sous un arbre ? Peut-elle oublier les bébés qu'elles leur présentaient, les yeux purulents, en quête de médicaments qu'ils ne possédaient pas? Peut-elle oublier les points d'eau découverts, loin de toute habitation, où s'abreuvaient dromadaires, zébus, chèvres et petits ânes gris ? Peut-elle oublier ces femmes peuls, racées, superbes, qui leur remplissaient des bouteilles avec tant de rires et de gentillesse ? Femmes qui remplissaient aussi, pour elles, de lourds seaux métalliques et qu'elle voyait défiler, plus loin, le long d'une piste défoncée, seaux sur la tête, droites et cambrées. Images d'une marche épuisante vers de lointains villages. Premières visions des femmes d'Afrique, vaillantes, assurant la survie des leurs, coûte que coûte, qu'elle aura si souvent l'occasion de côtoyer.

Elle n'oubliera jamais non plus les visages de ces enfants, pieds nus, qui en un instant, les avaient entourés dès que les 4x4 s'étaient immobilisés sous les arbres au cœur d'un village. Yeux curieux, brillants et pleins d'intérêt pour ces deux véhicules qu'ils connaissaient bien et qui passaient quelquefois sans s'arrêter. Une conversation amicale s'était engagée; ces jeunes écoliers se transformaient en petits vendeurs dès la sortie de l'école, transportant leurs paquets d'arachides dans des cuvettes ébréchées. Quel plaisir de pouvoir acheter leur marchandise, de voir se vider leurs récipients tout en découvrant leur vie d'écolier. Ils livraient leurs connaissances avec la spontanéité de leur âge, fascinés par les caméras braquées sur eux, caméras qui gênaient Claire plus que les enfants, trahissant une intimité qui s'était établie, soudain, entre deux mondes.

*

Et le périple s'était poursuivi, au cœur d'une végétation où, peu à peu, l'arbre faisait place au buisson, où le bruit des moteurs affolait des troupeaux entiers de chèvres errantes.

Aux buissons verts succédaient bientôt les épineux dans un paysage de plus en plus aride, sec, où les premiers squelettes d'arbres avaient angoissé Claire. *"Nous entrons dans le Sahel, avait expliqué Serge et la désertification commence à se faire sentir. Des années de sécheresse ont anéanti les forêts et le sable du Sahara gagne peu à peu..."*

La forêt... Comment imaginer dans ces étendues sableuses piquées çà et là d'énormes baobabs, la forêt vierge, primaire et majestueuse, décrite par André Gide il y a tout juste soixante ans : *"Je ne me lasse pas d'admirer l'essor vertigineux de ces fûts énormes et leur brusque épanouissement... les derniers rayons éclairaient encore leur cime. Un grand silence d'abord, puis, tandis que l'ombre augmentait, la forêt s'est emplie de bruits étranges, inquiétants, cris et chants d'oiseaux, appels d'animaux inconnus, froissements de feuillage..."*.[7] Claire prend conscience pour la première fois d'une catastrophe écologique, étalée là, sous ses yeux.

Elle se souvient alors, avoir participé, quelques années auparavant, à une quête de la Croix Rouge afin de récolter des fonds destinés au Sahel sinistré. Le Sahel sinistré... Elle mesurait aujourd'hui seulement l'ampleur de cette catastrophe écoutée d'une oreille distraite, images terrifiantes qui troublent

---

[7] *Voyage au Congo*, André Gide

un instant la conscience, vite oubliées dans le déferlement d'images chocs de l'actualité...

Les 4x4 cahotent sur la piste, sautent sur un trou qu'on ne peut éviter, chassent sur le sable de plus en plus présent. La chaleur est écrasante, la fatigue provoque une sorte d'ivresse... Claire croit rêver la vision de villages aux murs ocres, bien réels pourtant, qui se fondent dans l'environnement qui les entoure. Et là, soudain, au loin, au bout d'une ligne droite, une étendue d'eau sur laquelle des étincelles de soleil éclatent. *"De l'eau !"* s'exclame Claire. *"Mais non, voyageuse néophyte"*, lui dit Serge en riant, *"c'est un mirage, une illusion d'optique que l'on observe souvent dans ces régions désertiques et surchauffées"*. Mirage des récits de voyage. Egarement dans le désert. Vision terrible de désespoir. Comme elle aurait pris plaisir pourtant, avec ses compagnons de voyage, à toucher cette eau, à s'y tremper pour laver fatigue et poussière !

Et l'on s'enfonce dans une piste de sable qui les amènera plus vite à Gorom Gorom. Le soleil décline un peu et sur les murs de terre les tentes de touaregs aperçus au passage s'impriment dans des couleurs d'ambre rosé. Soudain, une apparition, les véhicules s'arrêtent : sur le bleu profond du ciel se découpe un dromadaire, selle de cuir battant les flancs, monté par un touareg richement vêtu, tenue blanche, calot assorti. Serré contre lui, un jeune enfant nous sourit. L'homme et l'animal avancent dans un seul balancement lent qui semble rythmer le temps de ce lieu. Image d'une antique pureté. Où va-t-il, dans ces immensités ? Seule sa main tendue vers l'infini nous indique sa direction. On ne se comprend pas, mais les sourires suffisent. Image qu'il aurait fallu laisser dans son silence et sa dignité. Mais les cameramen filment et Claire ne peut résister, elle aussi, à fixer sur sa pellicule cette image de pureté surgie des profondeurs de l'Afrique. Il faut se quitter, reprendre la route. Claire suivra le plus longtemps possible l'ombre de l'équipage qui s'étire dans le jour qui s'amenuise.

Le ciel se constelle d'étoiles d'une intensité grandissante. La nuit est là. Quelques feux brillent dans les concessions de Gorom village et très vite les 4x4 s'immobilisent devant l'entrée du campement hôtelier. Couverte de poussière, ivre de fatigue, Claire découvre des constructions de terre. Une salle d'accueil éclairée d'une faible lumière, étrange. Pierre Rabhi est là, au bout de ce long périple, petit homme au teint basané, simple et chaleureux qui lui serre longuement les mains. *"Bonjour Claire, pas trop fatiguée ? Je suis content de te rencontrer."*

Elle découvrait un ami qui l'attendait au bout de sa longue, de sa très longue route.

*

Boire, se laver... nécessités qui s'imposent après l'expédition que Claire vient de vivre. Passage aux cuisines. Des femmes s'affairent aux fourneaux. Présentations, serrements de main, souhaits de bonne arrivée... Claire et Anne boivent goulûment les verres d'eau que Mitja, la cuisinière, leur offre en signe de bienvenue. Pour ce soir, elles partageront une chambre réservée au personnel derrière les cuisines : confort précaire, éclairage faible. Saoules de fatigue, elles tombent dans les bras l'une de l'autre, liées déjà par une journée riche en émotions vécues en commun, par une simplicité, une attention réciproque. Mitja leur indique le bâtiment des douches réservées au personnel de service. Horreur ! La porte ouverte sur une grande pièce cimentée leur fait découvrir une nuée de crapauds. Dérangés dans leur humidité tant appréciée ici, ils sautent en tous sens, offrant un concert effrayant de coassements. Aux cris de Claire et Anne, Mitja accourt en se moquant un peu et, à grands coups de balai, ponctués de vociférations, chasse ces intrus qui vont se perdre dans la nature.

L'émotion passée, elles se glisseront avec délice sous les pommes qui pendent du plafond, sans toutefois perdre de vue les quelques rescapés, tapis dans les coins, aussi apeurés qu'elles et qui se tiennent coi... Le filet d'eau n'est pas abondant. Claire apprendra vite la valeur de l'eau, appréciera le seau d'eau versé sur le corps quand la douche sera à sec, l'eau du verre que l'on boit presque religieusement... l'eau du puits qui arrose la terre nourricière...

Au petit matin, reposée, Claire découvre les installations ; campement hôtelier et centre agroécologique disposés comme un village sahélien avec murs d'enceinte, cases d'hébergement et bâtiment d'accueil surmonté d'une tour. Cette architecture de terre se fond dans le paysage. Claire va passer là quinze jours dont le souvenir, treize ans après, conserve son intensité extrême..

Du haut de la tour, dans le doré d'un soleil levant, découverte de l'environnement hostile dans lequel est planté ce complexe, tel une forteresse, défiant la lente agonie de la nature environnante. Elle lira avec intérêt la charte d'accueil des voyageurs composée par Pierre Rabhi. Cet endroit est, dit-il, un de ceux qui permettent le mieux de comprendre *"pourquoi l'homme appartient à la terre et non la terre à l'homme"*.

Elle appréciera l'importance du mot *humus* qui fleurit sur tous les murs, qui est dans toutes les bouches. L'humus, né de la lente décomposition de débris de végétaux entassés sur le sol et permet la naissance de nouvelles plantes : équilibre entre la vie et la mort, cycles qui s'enchaînent. Sur ces terres désolées, ne trouvant plus d'obstacles à leur frénésie dévastatrice, pluies et vents ravinent le sol, emportent terre arable et débris végétaux, empêchant ainsi toute régénération.

Ici, l'homme est médecin de la terre. Il tente de soigner le sol malade, de lui faire retrouver son équilibre en fabriquant un humus naturel par la collecte puis l'organisation du pourrissement de tous les débris organiques et végétaux suivant un processus très rigoureux. L'oasis de verdure ici reconstituée, la présence d'arbres vigoureux à l'ombre desquels grandissent les pousses vertes d'oignons et de tomates dans le jardin expérimental, témoignent que cet humus soigne la terre de sa maladie de dégénérescence.

Claire découvrait l'agroécologie, son langage. Elle comprenait la raison de son séjour à Gorom Gorom avant d'entamer le travail qui l'attendait dans la capitale.

*

Fascinée par la catastrophe à laquelle le Sahel essaie de survivre, elle ne résistera pas à la proposition qui lui est faite d'accompagner, dès le lendemain de son arrivée, l'équipe de FR3 Mulhouse au lieu dit *Les dunes d'Oursi*. Là, à une trentaine de kilomètres de Gorom Gorom, elle découvrira la finalité de la désertification, désertification dont elle avait senti la progression tout au long de son périple, la veille. Le Sahara avance inexorablement au nord du Burkina Faso. Malgré l'angoisse qui l'étreint à la vue de cette menace, elle reste confondue devant l'exceptionnelle beauté du désert...

Dans le jour qui commence à décliner, le convoi s'est arrêté et chacun s'est isolé pour méditer devant cette immensité de sable, communier avec la nature. Un nomade chevauche son dromadaire en haut d'une dune d'où émerge la cime encore verte d'un arbre enseveli. Il se perd dans les vallonnements successifs, réapparaît plus loin, puis se fond dans les sables... Sur une autre dune, deux jeunes noirs avancent sur le dos de petits ânes gris marqués d'une longue croix noire le long de l'échine. Plus tard, on lui dira l'origine légendaire de cette croix, marquage de l'animal christique qui a porté Joseph et Marie pendant leur marche vers Bethléem.

D'autres jeunes émergent, nus, surgis des sables, dans le silence, menant quelques chèvres. On ne sait d'où ils sortent, on ne sait où ils vont. Dans le soir qui descend, Claire découvre à nouveau ces extraordinaires couleurs de miel, dorées, ambrées, fauves dont les dunes se teintent peu à peu. La lune brille déjà très fort. Elle a peine à croire ce qu'elle est en train de vivre. Son quotidien maritime est si loin ! Elle reste subjuguée par ce spectacle d'un autre monde dont elle se sent le témoin privilégié. Spectacle d'apocalypse, pour les villages de terre au pied des dunes où les paysans s'affairent pourtant avec amour dans les petits potagers pleins de promesses.

A Noël, Claire accompagnera Pierre et René Dumont venus apprécier sur le terrain les miracles accomplis par le compost. A la demande de René Dumont, Abdullah, leur interprète, se penchant vers un homme enturbanné, lui demandera ce qu'il pensait de ces dunes qui avançaient et qui sans doute, un jour, les submergeraient. L'homme, énigmatique et résigné, aura cette réponse qui n'admettait pas de réplique : *"Dieu ne permettra pas..."*

Il faut pourtant s'arracher à ce coin de planète en péril. Le silence de l'émotion accompagne leur retour dans le 4x4. Impossible, même pour les cameramen endurcis, d'ordinaire si volubiles, de prononcer le moindre mot avant l'arrivée au campement. Pierre attend : *"Bouleversée ? Bien sûr, mais il fallait que tu voies, ça fait partie de ton initiation"*.

La soirée se prolonge tard après le repas. La causerie de la veillée est un régal : écouter Pierre, apprendre à le connaître, sentir toute l'attention qu'il met à découvrir Claire et sa famille. Une question brûle les lèvres de Claire depuis le départ : *"Pourquoi m'avoir choisi à ce poste de confiance, dans un domaine qui m'était totalement inconnu ?"* Et la réponse de Pierre, simple, comme sa personne : *"Tu sais, Claire, je reçois chaque jour de nombreuses demandes pour venir ici. Ta lettre ne demandait pas spécialement à venir, mais elle contenait quelque chose d'autre... et je crois à l'intuition"*.

Quand elle rejoindra dans la nuit sans lune, la chambre qu'elle partage avec Anne à l'extérieur du campement, tout émue de l'amitié scellée par un baiser fraternel, Claire sait qu'un ami sensible et délicat sera toujours prêt à la soutenir dans la complexité de la vie qui l'attend, qu'elle devine confusément.

*

"*L'hôpital de la terre !*" Là, dans ce lieu exceptionnel, Claire se trouve associée à une humanité confondue : paysans, stagiaires, personnel, touristes, Blancs, Noirs. Chacun à sa manière vient administrer des soins, participer à une guérison, celle de la terre, avec l'amour et l'attention réservés à un malade en danger. Elle est très émue par l'harmonie qui règne, par la considération apportée à la nourriture, à un morceau de pain, à un verre d'eau, à un fruit, par le respect du silence, par la lumière très douce qui se répand le soir, sous les longues paillotes où se prolongent repas et entretiens que l'on voudrait infinis...

Et Pierre explique le mal de la terre. Dans la salle de cours contiguë au campement hôtelier, blanche, nue, stagiaires et touristes du campement se pressent pour l'écouter. Ce paysan parle de son expérience personnelle de l'agroécologie dans une ferme de cinq hectares de garrigue, en Ardèche, qui fait vivre sa famille. Il veut partager cette expérience avec les paysans vivant sur ces terres en péril, avec les plus démunis. Comme il sait toucher son auditoire ! Que son respect est profond, lui le Kabyle qui connaît le lien très fort unissant la terre à l'homme : "*Soutenir les structures originelles de l'Afrique, les moderniser, les orienter, mais surtout ne pas les détruire.*" Il sait leur dire, tout simplement "*que la nature punit l'homme parce qu'il ne respecte pas l'alliance terre-homme et qu'il faut compter avec la conscience des individus pour y remédier.*"

Personne ne se plaint de la chaleur pourtant intense. Les fatigues du long périple qui les a conduits ici sont déjà oubliées, tous apprécient les affirmations de Pierre : "*Venir à*

Gorom Gorom par la route est une expérience incontestable, qu'il est nécessaire de vivre."

Claire comprendra mieux la portée de ces paroles quelques mois plus tard, dans son bureau de Ouagadougou. Se remémorant les découvertes qui avaient émaillé sa longue route, fatiguée de jongler avec les 4x4, les taxis-brousse afin d'acheminer coûte que coûte paysans, stagiaires ou voyageurs, elle ne pourra s'empêcher d'écrire ces quelques lignes :

Toi, voyageur profane plein d'idéal et de foi
Rêvant depuis longtemps du Sahel envoûtant...
Toi qui rêves d'humus, de maraîchages verts,
D'une terre blessée soignée avec amour,
Sache que pour atteindre ces espaces lointains
Ton chemin sera long et plein d'imprévus.
Lorsque tu monteras dans la bâchée ou le taxi-brousse,
Songe à te munir de bons vêtements chauds
Pour une longue nuit cahotante dans la froide savane,
Mais aussi d'une bonne dose de patience et de bonne humeur.
Ne prévois pas d'horaires, tout est lent en Afrique,
Ne t'étonne de rien : pas plus du majestueux et énigmatique
Touareg que tu verras se profiler au loin
Que ton entrée dans Gorom dans un véhicule
Qui n'était pas celui du départ.
Gorom, ça se mérite, et cet étonnant et rude périple
Qui t'y conduira en sera le prix...
Tu y découvriras ce qu'est la dignité de l'homme,
Tu sauras que l'amitié n'est pas un vain mot,
Tu en reviendras riche d'esprit et de cœur,
Et tes fatigues d'antan ne seront plus qu'un rêve...

*

Et Pierre enseigne le remède qui soigne la terre. Il explique à son auditoire : *"Ici, la terre est pauvre, tellement pauvre, au point de ne plus contenir de ferments. Alors, on reconstitue la flore de la terre avec du compost, tout comme les yaourts ou la levure permettent à la flore intestinale de se reformer après l'absorption d'antibiotiques"*. Pierre compare ce processus à celui utilisé en médecine homéopathique. Il parle d'oligo-éléments nourrissant la terre. L'humus est à la fois un remède et un engrais. L'exposé de Pierre est clair, limpide, les stagiaires sont passionnés, Claire également. Il sait conquérir son auditoire et répond avec patience aux nombreuses questions. Claire fait le rapprochement, avec le stage d'alphabétisation à l'Ecole Internationale de Bordeaux, où tant de riches discussions l'avaient passionnée.

Quelle joie pour Claire de rencontrer aussi des instituteurs de brousse, venus profiter de l'enseignement de Pierre. Tout de suite ils l'adoptent, la surnommant *"notre mère à tous"*, échangent photos et adresses pour des correspondances Nord-Sud. Et Claire pense alors à une institutrice sur le Bassin d'Arcachon qui fait pousser du mil et du sorgho dans le sol sableux de son jardin…

Combien Claire apprécie les séances de travail sous l'énorme acacia albizia qui jouxte le mur du Centre. Pierre y a installé les aires de compostage. On y dispose, par couches savamment dosées, cendre, débris, cornes brûlées, feuilles, épluchures, sable, argile… Les monticules sont finalement recouverts de paille et arrosés. Après des retournements successifs et plusieurs semaines de fermentation, le remède idéal est prêt : l'humus, terre meuble, inodore, contenant tous les ingrédients nécessaires à la régénération du sol malade.

Pierre se réjouit de la présence de ces instituteurs, "l'élite", comme il aime à le dire, qui sauront enseigner à leur tour. Ils sont venus afin d'apprendre à faire un jardin scolaire pour produire, avec leurs élèves, des légumes dont la vente permettra d'acheter du matériel nécessaire à leur école. Claire reste confondue d'humilité et ne peut s'empêcher de penser aux écoles françaises où maîtres et élèves trouvent dans leur classe le matériel dont ils ont besoin.

Quelques mois plus tard, elle ira dans une école de Ouagadougou, porter le précieux carton de livres ajouté dans ses bagages au moment du départ. C'était un jeudi, jour de congé. Un instituteur travaillait pourtant dans sa classe avec soixante élèves de CM2, *"pour combler des retards importants,"* disait-il ! Il lui avait expliqué que les autres classes utilisaient leur jour de congé à parcourir les rues de la ville à la recherche de feuilles sèches nécessaires à la fabrication du compost ! Le maître s'était penché sur ces livres avec ravissement et avait remercié Claire chaleureusement.

Elle ira plus tard, visiter ces jardins scolaires où les élèves arrosaient consciencieusement, choux, salades, tomates, dans la joie et la bonne humeur. Ils y voyaient la perspective d'un ballon de football ou celle de fournitures gratuites... Instituteurs de brousse rencontrés quelques années plus tard, dans un coin perdu du sud du pays, dans leur école construite à mi-chemin entre deux villages distants de cinq kilomètres. Quelle foi chez ces enseignants, conscients de l'importance de l'éducation, foi transmise à leurs élèves qui arrivaient chaque matin, dans la chaleur montante, un petit seau plein d'eau à la main pour arroser les arbres plantés dans la cour de l'école !

Instituteurs africains de brousse ! Elle retrouvera chez eux le souci pédagogique qui avait été le sien : donner le meilleur de soi-même aux enfants dont on a la charge. L'expression 'noblesse du métier', prenait ici toute sa valeur dans ces conditions si extrêmes.

*

Les instituteurs repartaient tout juste deux jours après son arrivée. Ce dernier matin, dans l'attente du départ, elle mesurait avec eux la brièveté de leur rencontre, de leurs échanges. Dernières photos, derniers rafraîchissements sous les ombrages du campement hôtelier, puis un grand camion jaune est venu se ranger devant l'entrée, les mains se sont serrées longuement, avec beaucoup d'émotion... et il est parti, cahotant, très vite auréolé de cette poussière ocre qu'elle connaissait trop bien à présent. Elle savait que leur route serait longue ! Ils étaient tous seuls en poste dans leur village respectif. Chacun descendrait sur la route le plus près possible de son village. Les plus chanceux y retrouveraient un vélo ou une mobylette pour terminer leur voyage. Mais bon nombre auraient encore des kilomètres de piste à parcourir à pied pour arriver à destination...

Elle resta longtemps à suivre le nuage de poussière qui accompagnait le véhicule, tandis que son esprit se transportait, une fois encore, devant l'Ecole Internationale de Bordeaux, le matin du départ des stagiaires. Elle se souvenait de l'émotion de la séparation, des photos prises sur le perron. Le groupe se dispersait, chacun repartant vers son pays d'origine., au rythme des taxis qui les emportaient, des vols qui les attendaient. Elites des nations, disait Pierre, car ils détiennent le savoir. Claire retrouvait la même finesse de jugement tant là-bas qu'ici, dans ces immensités désertiques. Et pourtant, que de différence dans leurs conditions de vie !

Le Campement est calme ce matin. Claire décide d'écrire à ses enfants l'expérience qu'elle vit ici et son esprit est très loin de ces longues tables ombragées où elle s'est installée. Elle est interrompue par un Africain qui vient longuement la saluer, comme il est d'usage ici, par marque de respect. Cet homme habite Gorom village et vient lui faire voir son travail de ciselage du fer, un travail superbe. *"Viens me voir travailler au village, tu verras comment je m'y prends !"* – *"Bien sûr, je te promets une visite"*. Mais il reste là, la regardant écrire avec admiration. *"Moi je n'ai pas appris, moi c'est la parole"*, lui dit-il *"Mais"*, ajoute-t-il avec fierté, *"mon petit frère, lui, il sait"*. Alors, spontanément, elle lui tend son stylo. *"Tiens, tu le porteras à ton petit frère !"*. Un éclair de joie illumine ses yeux. Il met le stylo dans sa poche avec précaution, et dans un grand sourire : *"Tu ne peux savoir comme il va être heureux !"*. Trésor inestimable dans cet océan de dénuement.

Elle ne peut terminer sa lettre, trop de gens autour d'elle, trop de mains à serrer. Des gens de tous horizons défilent. Au déjeuner, elle fait la connaissance d'une équipe de Canadiens intéressés par l'agroécologie. A table avec eux, Pierre parle inlassablement du sauvetage de la planète malade de son progrès. Il explique qu'ici on observe avec la plus grande attention les plantes qui poussent sans l'aide de l'homme. Avec patience on récupère leurs graines que l'on replante afin que le sol reverdisse.

Elle reprend son courrier vers 17 heures après un long repos auprès de Anne dans leur chambre aux murs de terre, percés de petites fentes interdisant l'entrée brutale du soleil brûlant. La douche est à sec. Il faut se contenter du seau d'eau de réserve. Le jour baisse et les murs ocre du campement se colorent de rose. Un Africain s'affaire à l'arrosage des arbres. Soudain il s'arrête, sort son chapelet, s'agenouille, et prie longuement, la tête tournée vers le soleil couchant. Il se prosterne ensuite respectueusement, puis se relève et reprend l'arrosage. Claire observe ce tableau mystique, retenant son souffle. Elle termine sa lettre, imprégnée de la paix qui l'a habitée durant ces minutes intenses...

Certains jours, vers 17heures 30, quand le soleil déclinait à l'horizon et freinait un peu son ardeur insoutenable, un, parfois deux touaregs, longues ombres noires, silencieuses, pénétraient dans le campement et se dirigeaient vers le cube de terre où Pierre, comme tous, logeait dans des conditions rudimentaires. Ils plaçaient sur un trépied leur plateau de cuivre ciselé, y posaient de minuscules tasses, allumaient leur brasero pour faire chauffer l'eau. Commençait alors la cérémonie du thé à laquelle Pierre, régulièrement, conviait Claire. Cérémonie silencieuse. Ils assistaient, tous deux, aux transvasements successifs de théière en théière. Il leur fallait attendre que le liquide prenne cette couleur ambrée que les Touaregs savaient si bien déceler et qui annonçait le nectar parfumé à point. Un régal pour le palais ! *"Ne prends jamais la première mouture"*, lui avait conseillé Pierre, *"Elle est trop forte et tu ne l'apprécierais pas"*. Dans le calme absolu du soir, indifférents au temps qui passait, ils savouraient par petites gorgées, ces instants de partage. Avec noblesse, ces hommes venaient offrir leurs rites ancestraux, en signe de reconnaissance. Pierre alors sortait son violon. Et dans la pureté du silence sahélien, s'élevaient les harmonies de l'ami Yehudi Menuhin, qui par-delà les frontières partageait les idées généreuses de Pierre. Pour ce dernier, la musique était une évasion, un baume apaisant dans un univers dur et hostile qu'il avait choisi travaillant à un sauvetage qu'il poursuivait inlassablement, loin des siens.

Après le repas du soir, dans la nuit, Claire et Anne rejoignaient leur chambre commune dans une relative fraîcheur dont elles voulaient jouir à plein. Elles sortaient alors leurs sommiers de branchages tressés, y posaient leurs matelas, et s'installaient pour la nuit sous des ciels d'une exceptionnelle beauté. Jamais Claire n'avait admiré une telle intensité dans les étoiles... Elles se racontaient leurs journées respectives, Anne son travail de compostage avec les paysans en stage, Claire, ses découvertes, ses discussions, son apprentissage. Mais les voix se taisaient peu à peu. L'esprit de Claire s'évadait alors, ses yeux se fermaient sur des visions de ressac et de mouettes, sur des plages dorées où jouaient Bastien, Marie et Isabelle. Montait alors vers eux et tous les siens un immense amour qui emplissait son cœur. Puis, en sourdine, s'élevaient du magnétophone d'Anne les notes d'une flûte de Pan et le sommeil les enveloppait bientôt toutes deux. L'aube qui rosissait à peine les réveillait, les étoiles pâlissaient dans le ciel et elles aimaient alors monter sur la tour de terre qui surmontait le centre où Bernard, levé depuis longtemps, avait établi son quartier de nuit. Elles y retrouvaient souvent Jean et Jean-Claude et jouissaient ensemble de cette steppe encore rose. Ils voyaient les étoiles disparaître, le ciel perdre peu à peu ses couleurs pastel, le bleu s'intensifier et le soleil tout à coup inonder le rocher sacré. C'était une heure bénie par sa beauté, mais elle annonçait la grande fournaise du jour qui commençait.

Bernard ! Ce personnage français dans sa longue robe africaine bariolée, pilier du Campement hôtelier, gros ours mal léché au cœur d'or, avait planté sa vie, là, dans ce coin perdu de la planète. La cinquantaine, grisonnant, baroudeur invétéré disait-on, il avait roulé sa bosse un peu partout et était venu échouer là, on ne sait trop pourquoi. Responsable du radio-téléphone qui reliait le centre hôtelier au *Point Gorom* à Ouagadougou, c'est avec lui qu'elle s'entretiendra tous les jours, revenue dans la capitale. C'est lui qui prendra toutes les réservations qu'elle lui transmettra à moins que l'harmattan ou les interférences radio ne se chargent de brouiller la ligne. Elle aimera toujours sa drôlerie et ses paroles affectueuses qui ponctuaient leurs conversations téléphoniques.

Accablé souvent par la chaleur, devant sa bouteille de bière qu'il affectionnait particulièrement, il n'avait pas sa pareille pour loger tous les arrivants, même en surnombre, avec sa bonne humeur et sa débrouillardise. Il avait emmené Claire dans sa fourgonnette brinquebalante, un après-midi, voir sa maison à Gorom village. Elle ne peut oublier la nudité, la poussière de ce hameau sous un soleil écrasant. Il lui avait fait voir 'sa cour', présenté avec une tendresse touchante sa famille africaine qui l'avait adopté. Claire n'oubliera jamais la beauté d'une jeune fille de race Peul, aux traits d'une finesse exceptionnelle, dont Bernard caressait la tête avec attendrissement... Une malformation l'obligeait à se traîner sur les genoux !

Claire le retrouvait, tous les matins, au radio-téléphone, le *rac* comme il disait, et ils recevaient ensemble les messages que Serge envoyait de Ouagadougou à heure fixe. Il l'initiait toujours avec patience et bonne humeur. De retour en France, elle lui enverra un paquet de vêtements et de jouets pour les enfants de sa *cour*. Elle ne sera pas étonnée de lire dans sa lettre de remerciements : *"Je n'ai pu résister au désir de conserver pour moi une petite poupée qui trône depuis auprès du rac !"* Elle retrouvait bien là sa tendresse pleine de pudeur.

Les journées défilent au rythme des conférences de Pierre. Claire se familiarise peu à peu avec les organisations du pays qu'elle aura à côtoyer dans son bureau à Ouaga. Le matin, elle s'ingénie à faire le rapport des conférences, à l'aide des notes prises, sous les paillotes, à l'abri du soleil. Ce matin-là, se présente le jeune délégué au reboisement. Il lui avait promis une visite pour lui expliquer ce qu'elle n'aurait pas compris. Elle sort ses notes et ils se mettent au travail. Il exprime sa pensée en paroles et s'émerveille qu'elle la transcrive si vite. Mais l'esprit s'égare un peu, on parle de tout, de lui, d'elle, de sa famille, de la sienne. Il la questionne sur la France : *"Comment c'est ? J'aimerais y aller. Tu m'inviterais chez toi si j'y allais ? Ce doit être beau..."* Il est touchant de gentillesse. Ils ont travaillé jusqu'à midi, insouciants du temps qui passait. Au moment du départ, il regarde lui aussi avec envie les stylos dans sa trousse. Il en emporte un, comme un bien très précieux. Il lui promet de venir lui dire bonjour quand il repassera. Il doit habiter un de ces villages misérables qu'elle a traversé sur sa route et pourtant consacre sa vie au reboisement de son pays. Quelle volonté, quelle détermination admirables !

Elle aime aussi prendre part au travail de compostage sous l'acacia albizia, où Pierre, Anne, Jean et Jean Claude travaillent au coude à coude avec les paysans arrivés depuis peu, ivres de fatigue et de poussière, dans la bétaillère à ciel ouvert prêtée par le Ministère de l'Agriculture. Pour aller les retrouver, elle veille à bien longer le petit sentier qui s'est dessiné, à la longue, par le va-et-vient incessant entre le Centre et l'arbre à l'ombre bénie. Elle veut éviter à tout prix cette petite graminée épineuse, le cramcram, graminée qui pique, s'accroche au bas des vêtements, comme si la nature hostile voulait ajouter une agressivité supplémentaire. Quelle chance le matin, au réveil, si la couverture bien glissée le soir sous le matelas n'a pas débordé et accroché sa provision de cramcram ! Elle aime aussi participer à l'arrosage des arbres, le soir, dans l'enceinte du Centre, mouiller la paille qui en recouvre le pied pour conserver l'humidité et éviter ainsi des arrosages trop fréquents... Vie riche, saine, hors du temps, lieu de ressourcement et de méditation, elle est comblée.

*

Pourquoi en cette journée de mars 1999, Claire penchée sur son passé suspend-elle brusquement sa plume ? A la radio, une nouvelle la fait sursauter. Yéhudi Menuhin vient de mourir. Et l'image de Pierre s'impose aussitôt à elle, les accents de son du violon se détachant dans la douceur d'un soir, dans la pureté du silence du désert. Yéhudi avait découvert et admiré Pierre Rabhi à la lecture de son premier livre[8]. Pierre, proche de la terre, était un de ces êtres qui travaillait au devenir de l'humanité avec ses mains. La justesse et la noblesse de ses propos avaient profondément touché le musicien, l'humaniste. Une grande amitié était née entre les deux hommes. Claire se souvient aussi de la tristesse de Pierre lorsque l'extrême sécheresse du Sahel avait occasionné la rupture d'une corde de son violon. Il ne pourrait la remplacer qu'à son retour en France. Son âme de musicien souffrait de ne plus pouvoir s'exprimer avec son instrument.

Comment oublier cette merveilleuse soirée de 1992, au théâtre de Montpellier au cours de laquelle Yéhudi Ménuhin avait fait à Pierre l'honneur d'un concert exceptionnel. Un concert au titre particulièrement évocateur : *Hymne pour une terre humaine*. Respect de l'homme et de la terre, refus de la résignation à la faim dans le monde, du déséquilibre croissant Nord-Sud, affirmation d'une volonté d'agir pour un monde meilleur. Yéhudi Ménuhin, accompagné d'une dizaine de musiciens de diverses nationalités avait tenu sous le charme une salle comble, trois heures durant. Il célébrait ainsi le travail immense accompli par Pierre, commencé au Sahel et poursuivi en France dans

---

[8] *Du Sahara aux Cévennes*, Pierre Rabhi

l'aridité de la garrigue avec foi et détermination. La vision finale l'avait profondément touchée : les deux amis, enlacés par les épaules, émus jusqu'aux larmes, saluaient une salle, debout, dont les applaudissements sans fin témoignaient admiration et reconnaissance aux deux humanistes.

La vie trépidante de Claire durant sa 'deuxième vie' l'a éloignée de Pierre. Elle a néanmoins connu Montchamp, sa ferme en Ardèche, découverte en haut d'un plateau au bout d'un long chemin serpentant dans les éboulis de la garrigue. Grande maison qui *"au centre déploie deux ailes et saute les horizons pour y dénombrer dix-sept clochers... où le thym, sarriette et lavande aspic emplissent l'air de leurs parfums..."*[9]. Elle a connu Michèle, sa femme, *"la petite secrétaire des pays d'outre-mer, avec ses grands yeux verts, ses cheveux noirs bouclés, sa fraîcheur et sa réserve"*, qui partage avec lui et leurs enfants, bonheur, patience et harmonie. Elle a découvert son troupeau de chèvres brunes lâchées tout le jour dans l'enchevêtrement des lierres, buis, lichens, mousses et fougères. Elle a goûté les fromages que Michèle confectionne dans la cave voûtée de Montchamp... Elle sait que, patiemment, de pays en pays, de conférence en conférence, il fait partager sa vision du monde.

Claire a aussitôt envoyé à Pierre un message d'amitié et de réconfort. Sa réponse spontanée lui a prouvé combien l'affection fidèle survit à l'éloignement, amitié qui, ajoutée à d'autres, nourrit sa vieillesse.

---

[9] *Du Sahara aux Cévennes*, Pierre Rabhi

*

Et Claire poursuit son travail d'initiation. Dans la salle de cours surchauffée, personne ne se plaint. Qu'importe la chaleur. Les discussions animées se succèdent, autour des bilans sur la production agricole des populations sédentaires, sur l'aménagement d'espaces pastoraux avec les éleveurs nomades. Dans ce milieu nouveau, elle commence à y voir plus clair. Elle comprend le désir d'harmoniser les actions, de dépasser les problèmes de personnes. Elle mesure la difficulté de gérer le Centre. Il faut y ménager le flux touristique, source de revenus, sans jamais oublier sa raison d'être : l'éducation paysanne, la promotion de l'homme par la formation.

Inlassablement, Pierre engage les paysans venus l'entendre dans le vaste mouvement de revitalisation de la terre nourricière. Le sol, le végétal, l'animal et l'homme sont tous étroitement liés dans le grand balancement universel. Claire ne s'était jusqu'alors jamais interrogée sur ces questions et maintenant, tout lui paraissait si simple, exposé avec tant de clarté et de force intérieure. Mais déjà, dans les discussions, elle pressent des réticences, des hostilités qu'elle retrouvera sur sa route. La question des engrais chimiques est évoquée. Pierre tient tête, obstinément. Il veut le bien de ces paysans et sait qu'il leur faut à tout prix contenir leurs coûts de production, obtenir un rendement meilleur, ne pas dépendre des multinationales.

Aujourd'hui, à l'aube de l'an 2000, Pierre fait figure de visionnaire. Les gens se soucient plus que jamais de la qualité de leurs aliments, l'agriculture bio occupe une place grandissante dans un monde irraisonné de plantes transgéniques, de vaches folles, de dioxine. Claire enregistre dans sa tête, prend des notes. Elle sait qu'elle est ici pour écouter, car là-bas à Ouagadougou, dans son bureau du *Point Gorom*, il lui faudra transmettre, expliquer.

Ce matin du 15 novembre, elle connaît son premier pincement au cœur à l'idée de quitter ce lieu privilégié. A 8 heures, au *rac*, Serge s'entretient avec elle : *"François Mitterrand vient en visite au Burkina Faso. Un grand événement pour le pays. Toute l'armée est sur les dents. La population est tout excitée à l'idée de voir atterrir pour la première fois sur son sol le Concorde. Il désire rencontrer le plus grand nombre de Français au cours d'une réception à l'Ambassade. Un avion militaire viendra demain chercher Pierre pour le rencontrer. Veux-tu descendre avec lui ? On commence à avoir besoin de toi ici. Tu nous donneras ta réponse à midi."* Aussitôt, Claire informe Pierre de cette proposition. Toujours avec la même simplicité : *"Te sens-tu prête ? Es-tu suffisamment au courant de tout ce qui se passe ici ? De toutes façons, nous serons toujours en rapport par le rac... Et puis, tu reviendras, on aimera te revoir ici de temps en temps"*.

Elle va retrouver les stagiaires paysans sous l'acacia albizia. Elle fait le reporter photo, tous heureux de cette initiative. Le travail terminé, on se repose à l'ombre. Théo, qui seconde Pierre et lui sert d'interprète auprès des paysans, raconte ses souvenirs d'écolier africain. Récits étonnants dont elle prend note pour raconter aux petits Français, si exigeants souvent. Puis Jean-Claude arrive. A l'image des touaregs, ses yeux seuls sont reconnaissables. Il revient avec quelques Africains d'une forêt ravagée par la désertification. *"Spectacle désolant"*, dit-il. Ils ont coupé les fûts secs et nus pour en faire des piquets qui soutiendront le grillage. A 12h, elle confirme son départ pour le lendemain. *"Nous arriverons tout à l'heure à 17h avec la télévision allemande"*.

Une dernière fois, après la sieste, elle va écouter Pierre dans la salle de cours. Des thèmes nouveaux : *"Il existe un équilibre constant entre la vie et la mort. Il en va de même dans la marche, faite de déséquilibre, puis d'équilibre aussitôt rétabli, dans la santé où le remède vient arrêter la maladie, et pour la terre qui doit retrouver sa fertilité quand son appauvrissement l'entraîne vers la mort... Si tous les doigts étaient égaux, la main ne serait qu'un pinceau... l'inégalité entre les doigts donne à la mains son équilibre."*

Soudain dehors, un bruit rompt étrangement le silence du lieu. C'est l'avion qui arrive et tourne pour se poser. L'émotion lui étreint la gorge. Le jour baisse un peu. Les stagiaires demandent à Pierre de parler de sa ferme en France. Il en parle avec amour, comme dans son livre. Il parle également de ses récoltes, de ses chèvres, des fromages que sa femme fabrique et qu'ils vendent au marché. Ce ne sont pas des paroles d'experts, mais des expériences vécues. L'attention est grande. Un gros lézard glisse le long du mur. Claire ne les apprécie guère. Jean qui a vécu trois années au Cameroun lui dit à l'oreille : *"Il faut leur parler, ils ont plus peur que toi..."*

A cet instant, Serge et Robert, le directeur *du Point Mulhouse*, entrent dans la salle, tout juste débarqués de l'avion. Ils encadrent Claire et lui serrent la main. Elle sent que sa nouvelle vie va commencer dans la capitale, qu'elle va partir forte de la spiritualité de cet endroit et des amitiés qu'elle y a noué durant ces deux semaines. Ils viennent la chercher.

*

Tous réunis autour de la table du soir, au clair de lune, ils parlent beaucoup des difficultés des Burkinabés, de la misère des salaires... Les discussions reprennent le matin, au petit déjeuner. Puis Claire part préparer ses affaires. La tâche est rapide, ses vêtements n'ont guère quitté les valises à l'abri de la poussière ocre, cauchemar des années futures qu'elle passera dans ce pays. Elle prend son temps, discutant avec les touristes du Centre, notamment ce laborantin parisien en année sabbatique, parcourant le monde, à la recherche de contacts. Elle lui donne une adresse en Inde, où elle aurait pu partir un jour. Dans son regard, il est déjà en route...

Et puis, tout va très vite. Une courte sieste et ils se retrouvent autour d'une table, l'équipe de Gorom Gorom, Pierre, Théo, Anne, Jean-Claude, Robert, Jean, Serge et Claire. Un dernier tour d'horizon avant l'éclatement du groupe. Responsabilités de chacun, nécessité des contacts journaliers. Claire mesure avec beaucoup d'humilité la tâche qu'ils attendent d'elle, la confiance qu'ils lui accordent. Quinze jours la séparent à peine de son ultime promenade le long du Bassin d'Arcachon. Les yeux fermés, elle retrouve le bercement de ses marées dans la mouvance des sables. Et ici, quinze jours immergée dans les questions concernant l'avenir de la planète dans un contexte de paix et de fraternité..

Les quatre militaires interrompent brusquement ses pensées. Ils embarquent ses bagages et ceux de Pierre. Il est 15h30, le départ, les embrassades. *"Bonne chance, à bientôt, on se parlera au rac, on ne t'oubliera pas..."*. Une bourrade affectueuse de Bernard la touche beaucoup. Très émue de quitter Jean et

Jean-Claude, si présents, à son écoute, Anne et leur amitié née sous les étoiles, au son de la flûte de Pan...

La Toyota du Centre rejoint le "coucou" militaire posé derrière le Rocher Sacré. Pierre l'accompagne, c'est moins triste de laisser toutes ces mains, qui, en signe d'adieu, n'en finissent pas de s'agiter sur un fond de désert. Il fait très chaud, le rêve de Claire se poursuit... Paysage de sable, torride. Dans un avion militaire burkinabé, assis à ses côtés, Pierre Rabhi, homme simple, modeste, si grand d'esprit et de cœur, Pierre, en route vers Ouagadougou à la rencontre du Président de la République française !

Survol du Sahel. L'harmattan calmé lui fait découvrir des villages épars, des arbres esseulés, minuscules taches sur l'infinité désertique. En descendant la passerelle, voyant Pierre lui porter sa valise sur l'épaule, Claire sent tout le bien-fondé de sa détermination à partir. Il faut, quelquefois, aller très loin pour trouver ce que l'on cherche...

*

Et Claire prend possession de sa petite maison blanche du *Point Gorom* nichée dans la verdure, entrevue seulement quinze jours plus tôt. Elle apprécie une douche chaude, la climatisation qui rafraîchit sa chambre. Néanmoins, la transition est brutale. Assise ce premier matin devant ce grand bureau où l'attend une impressionnante liste d'ONG à contacter, de stages à organiser, elle réalise toute l'étendue de la responsabilité qui lui incombe. Un léger sentiment d'angoisse l'étreint. Déjà, dans les allées de la propriété, Blancs et Noirs confondus se pressent vers les bureaux du *Point Air* pour commander ou retirer leurs billets d'avion. Devant le bar, face à son bureau, les discussions s'animent autour d'un Fanta ou d'un tonic dans la chaleur qui monte. Les souhaits de *"bonne arrivée"* d'un petit vendeur de balafons[10] installé à l'entrée de la propriété lui réchauffent le cœur. Chaque jour, elle aura son bonjour matinal et son serrement de mains plein de gentillesse. Ces amitiés-là, elle en aura besoin, elle les devinera et les fera siennes au hasard de rencontres diverses, inattendues, extraordinaires, durant quatre mois.

Une matinée au *Point Gorom*, était toujours pleine d'imprévus. Elle répondait au téléphone au prix d'un sprint vers le bâtiment du *Point Air* n'ayant pas de récepteur chez elle. Elle recevait les livreurs, assurait la réception des denrées alimentaires, des fournitures, leur stockage dans un coin de son bureau, leur inventaire. Elle effectuait les règlements des factures. Et puis, Claire était chargée des réservations incessantes de touristes désirant se rendre au Campement

---

[10] xylophone africain

hôtelier de Gorom. Une fois les réservations faites, elle les transmettait à Bernard par le seul lien qui la rattachait quotidiennement à Gorom, le *"cordon ombilical"*, disait Pierre, le radio-téléphone. Ce *rac*, outil indispensable, souvent inaudible, si précaire en ses deux extrémités. Deux mondes liés par la fragilité.

Un 4x4 descendant de Gorom Gorom était annoncé pour le lendemain ? Départ précipité au grand marché de Ouagadougou avec la liste des achats. Un jeune Africain du bar conduisait la Toyota du *Point Mulhouse* et Sitta, une jeune employée du *Point Air*, la guidait dans la capitale. Sitta et sa gentillesse, Sitta et sa patience, lui apprenait à vivre au rythme africain : *"Claire, tu es trop pressée... Il faut laisser aux choses le temps de se faire..."*. Sitta l'aidait à se familiariser avec les marchés africains, où elle se sentait perdue au milieu de tant de sollicitations ! Marchés africains où se côtoient toutes les misères du monde. Un jour, elle avait refusé d'acheter les légumes qu'un homme estropié lui tendait. Il lui avait craché au visage. Geste de provocation, mais plus encore exaspération d'une injustice entre un Africain démuni et une Européenne symbolisant richesse et vie facile. Fortement ébranlée par ce geste, il avait fallu toute la délicatesse de Sitta pour qu'elle poursuive son chemin. Combien de fois, seule dans Ouagadougou, elle avait eu l'impression que la couleur de sa peau gênait. Elle voyait dans le regard de certains, des éclairs de méfiance, fruits du colonialisme. Elle ne supportait pas davantage, dans le foyer de certains Européens, l'attitude servile tacitement imposée aux employés africains par les maîtres de la maison.

*

En fin de matinée, à son retour du marché, sous une chaleur insupportable, Claire trouvait souvent Ibrahim en discussion avec un visiteur qui l'attendait. Ibrahim, jeune ingénieur agronome, compagnon agréable et plein d'humour, fier, fin psychologue, qui allait lui apporter beaucoup de réconfort dans les moments difficiles. Elle prenait alors le relais, conversant avec ce nouveau venu, représentant d'une ONG voulant inscrire quelques paysans d'un village à un prochain stage à Gorom, ou bien encore voyageur fraîchement débarqué qui cherchait à se rendre au Campement hôtelier. Il lui fallait trouver des taxis-brousse, une occasion, ou encore effectuer des démarches auprès du ministère des armées pour obtenir l'autorisation d'occuper les places disponibles dans l'avion assurant la liaison militaire avec la base de Gorom.

13h-13h30. Elle s'accordait alors une coupure bienfaisante. Elle avait découvert un havre de paix et de fraîcheur de l'autre côté de l'avenue, *La Forêt*, restaurant aux consonances magiques pour un retour du Sahel, terre de désertification. Une ombre bienfaisante vous accueillait dès l'entrée, oasis de fraîcheur inattendue si proche de la fournaise de l'avenue. Une piscine s'étirait au-delà des premières frondaisons. Au fond, sous un abri paillé, d'accueillantes tables vous attendaient. Elle avait eu un peu honte, après tant de misère côtoyée, de pénétrer dans cet univers privilégié. Là, elle se reposait, l'eau de la piscine lui rappelait ses rêves maritimes. Elle y retrouvait chaque jour la sympathie des serveurs qui l'attendaient, lui servaient un agréable repas, la félicitaient de porter une robe confectionnée dans un pagne de leur pays... Elle se souvient de ce Burkinabé qu'elle voyait régulièrement dans la piscine en compagnie de belles naïades noires ou blanches, et qui la saluait d'un amical bonjour. Intriguée, mille suppositions tournaient dans sa tête... Un riche Africain oisif, privilégié de la société ? Puis un jour, il s'était enhardi à venir s'asseoir auprès d'elle : *"je suis moniteur de natation, j'ai fait toutes mes études sportives en France et j'attends ici des lycéens qui ont choisi la natation en option au Baccalauréat. Si j'ai la chance d'en avoir un ou deux dans la matinée, je peux me permettre un repas à midi..."*.

Elle prolongeait les repas, souvent seule, sous son abri paillé, lisait les journaux de France auxquels elle s'était abonnée. Là, dans la fournaise où elle vivait, on lui annonçait un hiver terriblement rigoureux cette année-là. Des images de ses plages familières sous la neige s'étalaient sous ses yeux. Diallo, le serveur, venait souvent se pencher avec elle sur ces feuilles qui lui révélaient un monde inconnu dont il aimait qu'elle lui parle. Puis elle revenait s'asseoir sous les ombrages de l'entrée pour y prendre son café, consigner quelque impression sur son calepin... ces petits oiseaux rouges, ravissants, qui fréquentent les endroits frais, comme ici... Elle y faisait des rencontres étonnantes, comme celle de ce sociologue, ami du directeur de l'Ecole Internationale de Bordeaux qui lui avait parlé des coutumes et des traditions de son pays, du fétichisme auquel il croyait et dont l'étrangeté la confondait. Si elle restait quelques jours sans le voir, c'est un retentissant *"Votre bonne santé, cela fait longtemps qu'on ne s'est vu..."* lui annonçait sa présence. *La Forêt* ! Un souvenir apaisant dans un monde de difficultés. Un endroit privilégié où elle aura toujours plaisir, dans les années futures, à prendre un repas d'adieu avec ses amis avant un départ en France, à siroter un café ou se rafraîchir d'un tonic...

*

Il fallait pourtant quitter cet endroit idyllique pour retrouver la fournaise de l'avenue. A ces heures-là, d'énormes camions étaient à l'arrêt devant une entreprise. Dessous, allongés dans la poussière, des enfants jouaient à faire avancer des petits cailloux sur des pistes tracées avec les doigts... et ils riaient de bon cœur, aussi heureux que les jeunes joueurs de billes européens. Une sieste la reposait et commençait alors son cauchemar. Les bureaux étant fermés les après-midi, elle avait tout loisir de se plonger dans les registres de la comptabilité. Une tâche qu'elle devait accomplir mais dont elle se sentait si éloignée. Seule devant ses registres, elle alignait des chiffres qu'elle détestait, se perdant dans des comptes qui, souvent, ne tombaient pas justes. Elle sentait monter en elle des relents de solitude et de tristesse qu'elle croyait bannis à jamais. Découragée, elle refermait ses registres pour les reprendre le lendemain ou attendre la venue annoncée de Serge dont elle admirait l'aisance dans ce domaine.

Des visites aussi variées qu'inattendues chassaient les moments de déprime ou de démission qui l'effleuraient parfois. La voyant assise à son bureau, des clients entraient dans la propriété. Ils s'approchaient pour lui demander des horaires d'avion qu'elle ne pouvait leur donner, bien sûr ! Ainsi, la conversation s'engageait. C'était la petite Malienne, lycéenne de Bamako, qui lui parlait de ses études, des examens truqués évoqués dans *Le Vent*, un superbe film que Claire avait découvert à l'Ecole Internationale de Bordeaux. Scandales dénoncés dans le film et dont elle lui confirmait l'existence. Certains parents riches n'hésitaient pas à acheter les professeurs afin qu'ils accordent le Bac à leurs enfants, même si ces derniers étaient des cancres. Elle racontait le désespoir, le suicide parfois, de ceux qui avaient travaillé dur dans des classes surchargées et se voyaient refuser le diplôme, faute d'argent. Elle reviendra souvent lui dire bonjour. C'était Alima, la sœur de Théo, accompagnée de son père en superbe tenue blanche, qui venait avec son bébé au dos, dont elle ne connaîtra que les chaussons roses dépassant de chaque côté. Alima ne parlait que le mooré[11] mais son père parlait français et il lui demandait de faire porter une caissette à Gorom pour le bébé de Théo que Claire avait souvent fait sauter sur ses genoux... C'était cet Allemand ne parlant pas français, à qui elle avait demandé, dans un réflexe qui lui avait valu le plus beau des sourires *"Do you speak English ?"* Et ils avaient *"causé"*, surprise elle-même de pouvoir se débrouiller et surtout d'être comprise. Une pensée émue vers ses enfants d'Écosse qui l'avaient inscrite aux cours de M. Harkins...

C'était aussi ce jeune couple qui l'avait trouvée, les larmes aux yeux, se débattant avec des colonnes de chiffres, qui l'avaient si gentiment réconfortée en lui disant : *"il vaut mieux une retraitée française qui se bat avec la comptabilité dans un pays du Tiers-Monde plutôt qu'une autre qui tricote en France devant sa télévision !"* C'était Jacques, un Français patron d'un aéro-club et conducteur de travaux à Gorom. Il y montait souvent avec son avion, emportant les provisions toutes fraîches qu'elle lui avaient confiées. Elle aimait sa gaîté, son humour, la joie rayonnait quand il entrait dans son bureau. *"Tu viendras un jour avec moi dans mon coucou, nous monterons tous deux à Gorom !"* Elle avait parfois l'occasion de téléphoner à sa secrétaire, qui plaisantait toujours, elle aussi : *"il faudrait que tu fasses la comptabilité avec Jacques, ça te fatiguerait moins... Il a révolutionné toutes mes théories de comptable... Et puis dans l'avion, fais-le chanter ! Il adore ça et il chante très bien..."*

Jacques s'était écrasé avec son coucou dans les immensités désertiques du Sahel... Grièvement blessé, il avait été

---

[11] Langue des Mossi (région de Ouagadougou)

rapatrié dans un hôpital français. Claire ne reverra jamais cet ami qui respirait la joie de vivre, lui apportait sa fantaisie et son charme qu'elle aimait tant.

*

Les préparatifs des stages de formation de paysans à Gorom Gorom se faisaient en collaboration étroite avec Ibrahim, et des ONG françaises, qui soutenaient des villages africains. Le jour venu, à 6h du matin, la bétaillère prêtée par le Ministère de l'Agriculture attendait devant l'entrée de la propriété. Ibrahim installait pour les passagers des matelas de mousse, seul confort à leur offrir. Les paysans arrivaient à pied, pour la plupart, bonnet de laine sur la tête, baluchon noué aux quatre coins. Quand la lourde porte se refermait sur eux après des serrements de mains prolongés, le cœur de Claire se serrait à l'idée de la longue route qui les attendait, voyageant sur des chemins défoncés et ne voyant que le ciel. Des conditions presque inhumaines dix heures durant ! Mais à leur retour, en fin de stage, la joie rayonnaient sur leurs visages. D'un revers de manche, ils essuyaient la poussière collée par la sueur, repartaient à pied, comme ils étaient venus, pressés de retrouver leurs terres, forts du savoir transmis par Pierre. C'était, pour Claire, la meilleure des récompenses.

Elle attendait son courrier de France avec l'impatience que l'on peut imaginer... Des semaines d'attente, puis brusquement, un flot de lettres inondait son bureau. Un moment de répit. Vite, elle parcourait les passages pleins de tendresse et de réconfort que ses enfants ou ses amis lui adressaient. Quand Ibrahim était présent, il se penchait avec elle sur ces témoignages et s'en réjouissait pour elle. Il appréciait particulièrement les nouvelles ayant trait à la politique en France que son fils ne manquait pas de lui envoyer. Il partageait les idées de Claire et s'empressait de photocopier les passages qui l'intéressaient particulièrement.

A *La Forêt*, elle poursuivait la lecture de son courrier, au calme, à la fraîcheur. Un jour, elle y était arrivée, harassée de fatigue. Le sourire de Diallo lui annonçant un *poulet Yassa* dont elle était particulièrement friande, l'avait un peu réconfortée. Puis elle avait décacheté une enveloppe épaisse en provenance d'Arcachon. Un brin de mimosa ! Elle l'avait longuement respiré pour ne rien perdre du parfum suave qu'elle connaissait si bien. Les yeux fermés, elle retrouvait soudain les senteurs d'iode, ses petits-enfants courant le long de la plage dans des nuages de mouettes, les pieds noyés dans l'écume des ressacs, des voiles multicolores, des dunes sous le soleil...

"*Vous allez vous régaler !*"... Ces paroles de Diallo déposant devant elle son mets favori, l'avaient arrachée à sa rêverie. Le charme était rompu. Elle aurait tant désiré les retrouver tous, là, oublier sa grande fatigue. Mais les minuscules oiseaux rouges picoraient devant elle, l'eau bleue de la piscine scintillait sous le soleil. Diallo la regardait, un peu déconcerté... Alors, l'image de Pierre, de toute son équipe là-haut, s'était imposée. Non, elle ne devait pas lâcher !

*

Quand Pierre arrivait à Ouagadougou pour quelque réunion au ministère, il lui faisait souvent la surprise de descendre du 4x4 en compagnie d'Anne. Celle-ci venait rompre la solitude pesante de Claire que Pierre devinait si bien au téléphone. De beaux moments de partage avec Anne, de souvenirs, de courses en ville. Anne, infatigable, partait à la recherche de tout ce qui manquait là-haut pour le jardinage : graines, pioches, râteaux, grillage...

La présence de Pierre à Ouagadougou était aussi l'occasion d'importantes réunions sur l'agroécologie. Ils en profitaient pour se retrouver tous dans le bureau de Claire. Georgette, du Ministère de la Question Paysanne, Simone Kaboré, remarquable animatrice du Mouvement des femmes, Ibrahim, ainsi que des spécialistes étrangers férus des méthodes de Pierre. Les riches discussions de Gorom Gorom reprenaient. Elle retrouvait du courage pour quelques temps.

Sa coquetterie de femme restait intacte. Elle avait découvert avec bonheur une coiffeuse française dans la superbe galerie marchande qui jouxtait l'hôtel Indépendance. Les soins capillaires terminés, elle se laissait aller à savourer un citron pressé au bord de la piscine de l'hôtel... Un moment de confort néocolonialiste dont elle était un peu confuse, mais qui lui faisait tant de bien ! Au retour, elle retrouvait Sitta dont les compliments la faisaient sourire. Ceux d'Ibrahim étaient pleins d'humour et de délicatesse. C'était tellement agréable de la part de ce superbe garçon !

Elle aimait flâner devant les luxueux magasins de cette galerie marchande, admirant bijoux et artisanat africain qu'elle ne pourrait jamais s'offrir. Un jour, elle s'étonna d'y croiser le foreur d'or et sa femme, rencontrés à son départ, à Marseille. *"Quelle surprise ! Comment se passe votre séjour ?"* – *"Du travail, pas toujours facile, bien sûr, mais on tient le coup !"* - *"Pour nous, le nôtre se termine. Nous prenons l'avion demain matin. Je fais choisir à ma femme une bague en souvenir de son séjour !"* Un pincement au coeur. L'impression d'avoir surmonté grâce à une vie débordante, le chagrin de son abandon. Mais toujours, à la première occasion, elle réalise qu'elle reste profondément vulnérable. Elle supporte toujours aussi mal la vue de couples heureux et attentionnés. Et pour la première fois depuis longtemps, l'image du Daniel de son bonheur vint la hanter, là, à des milliers de kilomètres. Image vivante, aussi présente qu'il y a vingt ans ! Toutefois, elle n'a pas le temps de s'y attarder. Ses compagnons l'invitent gentiment à se rafraîchir autour de la piscine et la soirée s'achève à *La Forêt* sous les lumières tamisées des lampadaires blancs, nichés dans les arbres, autour d'un succulent repas qu'ils avaient tenu à lui offrir pour sceller leurs sympathiques retrouvailles.

*

Quand la chaleur est trop forte ou la fatigue trop grande pour revenir à pied du centre ville, Claire n'hésite pas à prendre un taxi. Les taxis de Ouagadougou ! Stationnés sur une petite place, les vieilles 4L bleues attendent leurs clients. A l'ombre, dans la poussière, les chauffeurs jouent avec des cailloux, comme les enfants de l'avenue. Claire s'approche. *"Pouvez-vous m'emmener, s'il vous plaît ?"* - *"Attends un tout petit peu, on finit la partie !"* Elle considère avec amusement leur fin de partie ponctuée de grands éclats de rire. *"Voilà. Tu vas où ?"* - *"Au Point Mulhouse, avenue Ouassabarga"*. Alors, le chauffeur verse dans le réservoir d'essence le contenu d'un minuscule bidon de plastic. *"Il y en a assez, ça va aller"* lui dit-il. Et les voilà partis, emportés dans la marée des mobylettes. Là, sur le bord d'un trottoir, une femme fait signe. Il s'arrête, demande à Claire de se pousser, et la femme s'installe à ses côtés. A la surprise de Claire, ce manège se produit plusieurs fois. Le taxi est bientôt plein. Trois personnes derrière, trois devant. Après plusieurs crochets pour déposer deux ou trois passagers, le taxi s'arrêtera devant le *Point Mulhouse*. Le chauffeur posera alors à Claire cette question étonnante : *"Combien tu peux me donner ?"* Claire reste perplexe, n'ayant aucune idée du montant d'une course. Mais, la pièce qu'elle lui présente a l'air de le satisfaire. *"C'est bon"* lui dit-il, *"à une autre fois"*. Afrique de plus en plus surprenante !

Anne venait d'arriver de Gorom Gorom. Heureuses de se retrouver, les voilà parties, bras dessus bras dessous, dans le jour qui commençait à décliner, faire quelques achats pour un pique-nique improvisé dans les jardins du *Point Mulhouse*. D'alléchantes odeurs de brochettes et de pintades grillées commençaient à s'échapper des barbecues de fortune faits dans des bidons de récupération. Tables de bois brut et bancs étaient déjà installés sur le bord des trottoirs dans l'attente d'une vie nocturne qui allait s'animer avec le coucher du soleil. Elles devisaient comme deux collégiennes en vadrouille... Soudain, Claire fut brusquement déséquilibrée. Elle se retrouva au sol, une poignée à la main. La sacoche avait disparu, arrachée. Avant même qu'elle ait pu réaliser ce qui lui arrivait, une nuée de gamins, ombres rapides et souples se lançaient à la poursuite du voleur dans les éboulis du vieux marché en démolition, mais celui-ci s'était déjà fondu dans la nuit ! Il fallait se rendre à l'évidence : argent, papiers d'identité, passeport, chéquier... avaient disparu. Claire se sentit tout à coup perdue, nue, nue de toute identité, dans un environnement qui lui parut tout à coup hostile, blanche dans cette immensité noire. Elle ne sait ce qu'elle aurait fait sans la présence toujours apaisante et attentionnée d'Anne. Elle se souvient d'un commissariat de police minable, d'une lumière faible qui éclairait le policier écrivant sa déclaration tandis qu'une foule d'Africains, à l'affût du moindre événement sans doute, l'entouraient, la pressaient. Anne les repoussait avec toute sa gentillesse. *"Vous ne retrouverez par l'argent, Madame"*, lui disait le policier, *"c'est pour le prendre qu'on vous a volé la sacoche. Les papiers, ils n'en ont que faire. Ils les jettent, vous les retrouverez peut-être !"* Elle se souvient d'un retour sans joie, soutenue par le réconfort d'Anne, de ses conseils : *"L'Ambassade de France est là pour l'aider, on verra demain. Tu vas dormir, te remettre et..."* tout à coup, l'éclair de joie dans son exclamation : *"Mais j'y pense ! Jacques doit nous prendre à 7 heures demain matin pour acheter les fruits et légumes pour Gorom et les amener avec son avion, il va nous aider."* Cela l'avait un peu réconfortée ! plus de clé pour rentrer dans sa chambre, partie avec la sacoche ! Son fidèle Hamadou n'avait pas de double, il avait seulement celui des bureaux du *Point Air*. Qu'à cela ne tienne, dans ces bureaux bien équipés, elles récupèrent tous les coussins pour des lits improvisés sur la moquette. La nuit fut longue cependant pour Claire, choquée malgré la présence d'Anne, si douce et si sensible.

A sept heures, Jacques fut mis au courant des événements. *"La première des choses à faire est d'aller à la banque faire opposition à ton ché*quier". Et là.... le miracle... les bons esprits... les pouvoirs occultes... la magie noire... Tandis que l'employé notait ses déclarations, on frappa timidement à la porte. Claire se souvient très bien, un homme petit, nu-tête, à la main... sa sacoche ! *"Je passais là ce matin, j'ai vu ceci sur les marches. Je vous ai vue entrer et vous ai reconnue, j'étais hier soir au commissariat !"* Fébrilement, elle ouvrit : tout y est, sauf l'argent. *"Vous maintenez vos déclarations de perte ?"*, lui demanda l'employé, très calme, pas du tout étonné. *"Non, non, bien sûr !"*

L'homme était déjà reparti ! Difficile de croire à ces coïncidences. Claire restera toujours persuadée qu'elle était en face de son voleur lui-même ! Inutile de dire qu'elle n'avait pas cherché à élucider ce mystère, classé dans son esprit avec toutes les irréalités de cette Afrique. Un tel incident n'est pas hélas, l'apanage de l'Afrique, mais dans l'état de fatigue et de tension où se trouvait Claire, il avait pris pour elle une dimension démesurée.

*

Claire séjournera quatre mois à Ouagadougou, séjour ponctué de rencontres et de moments forts. Un matin, alors qu'elle se débattait avec mille problèmes, dans l'embrasure de la porte, un Africain souriant apparut : *"Je m'appelle Koudbi Koala. Je suis enseignant, on m'a dit que vous étiez institutrice. Pourriez-vous m'accorder quelques instants ?"* - *"Pour un collègue africain, oh ! oui, avec plaisir"*. Un large sourire éclaire son visage. Il venait retirer les billets d'avion pour les SAABA, une troupe de danseurs et percussionnistes, qu'il avait créé dans son village. L'argent des tournées en France lui permet de financer une école pour *"les petits frères"* pauvres du village. Touchée par ce projet généreux, Claire le félicite et lui apporte tous ses encouragements. *"Oh ! Excusez-moi, on m'appelle au téléphone, je regrette de vous quitter si vite"*. Elle a tout juste le temps de lui remettre un formulaire de l'Association AGIR de Paris. *"N'hésitez pas à faire appel à eux, ils seront toujours en mesure de vous aider."* - *"On se reverra peut-être, merci pour vos encouragements"*. Et claque alors une poignée de main, ferme et solide.

Noël approche, et Pierre a invité Claire à passer les fêtes à Gorom Gorom avec ses amis. *"Nous serons tous heureux de te revoir ici..."* Cette perspective l'enchante. Ibrahim lui a dit, avec sa spontanéité et son humour coutumiers : *"Ne t'inquiète pas, je tiendrai le bureau à ta place, profites-en bien ! Moi, de toutes façons, je n'aurais pu t'emmener qu'à la messe de minuit..."*. Depuis quelques jours déjà, les réservations se font plus nombreuses pour le Campement hôtelier. Certains lui demandent même le menu du réveillon. *"Tu leur dis que, de toutes façons, il y aura des huîtres pour commencer, et des bûches glacées pour terminer !"* lui répond Bernard, au rac, toujours plein d'humour.

Premier Noël en Afrique ! Claire prend conscience soudain qu'elle n'a pas vu une seule vitrine de jouets dans les rues de Ouaga. Seuls, des enfants vendent des petits vélos miniatures ingénieusement confectionnés avec du fil de fer et des rayons de bicyclettes. Si, pourtant, elle se souvient. Ce petit supermarché découvert, par hasard. Elle était entrée, par curiosité. Des Africains s'affairaient autour des produits de première nécessité. Tout au fond, un rayon de poupées et de jouets, une épicerie fine. Les Blancs, seuls, faisaient leur choix dans ces rayons de luxe. Elle se rappelle... Un jambon d'York trônait sur sa machine à découper. Il lui mettait l'eau à la bouche. Et pourtant, devant une telle injustice, elle renonça à en acheter !

*

Claire se sent malgré tout, tellement privilégiée. Ce soir, à l'arrivée de l'avion-cargo du *Point Mulhouse,* un seul paquet ! Son Noël d'Écosse ! Messages affectueux d'Isabelle et de Marie, sur des bristols aux sapins enneigés... bijoux, présents choisis avec délicatesse, écrits superbes de Philippe et de sa fille. Ils l'encouragent à poursuivre, la soutiennent. Des écrits qui la touchent profondément : *"Dis bonjour à tous tes amis de notre part car ils font maintenant aussi partie de notre vie et la chaleur de leur amitié pour toi nous arrive jusqu'ici..."* Combien eux aussi ont été sensibles à ces quelques lignes ! Elle ne peut résister à offrir un collier à Sitta, un bloc-notes à Ibrahim qui fera son bonheur.

La veille de Noël et de son départ pour Gorom Gorom, Robert, responsable français du *Point Mulhouse,* vient la trouver dans son bureau, à son grand étonnement. Claire n'a que peu de contacts avec lui.

Depuis quelques jours cependant, ils se retrouvent avec Ibrahim, dans son bureau, pour préparer la venue de René Dumont, agroécologiste français réputé qui vient participer à une conférence en janvier. " *René Dumont a avancé sa venue. Son avion arrive demain matin à 6h30. Il veut tout de suite partir à Gorom. Voici donc ce que je te propose : Puisqu'Anne est ici avec le 4x4, faites les courses pour Gorom aujourd'hui. Ne prenez aucun passager demain, et il montera avec vous jusqu'à Gorom avec le ravitaillement. Je souhaiterais que tu viennes avec moi demain matin pour l'accueillir à l'aéroport".* Un peu étonnée par cette invitation, elle accepte, néanmoins, avec plaisir. Cette apparente froideur ne serait-elle que façade ?

Et voilà comment, le 24 décembre 1986, assez fière et émue, ils se trouvent, tous deux, sur la piste dégagée par les militaires qui ont canalisé les badauds sur la terrasse et à l'intérieur de l'aéroport pour l'arrivée d'une personnalité. L'avion approche, très beau dans un lever de soleil limpide. L'appareil s'immobilise, la passerelle est avancée. René Dumont apparaît, haute stature, pull rouge célèbre, cheveux au vent, vieillard fringant de quatre-vingt deux ans salué par le responsable du *Point*. Sa compagne Charlotte est à ses côtés. Rencontre très amicale, on présente Claire, on l'embrasse, on la tutoie... Mais deux gradés s'approchent, salut militaire impeccable, serrements de mains. *"Très heureux de vous recevoir, Monsieur, sur notre sol. Nous avons organisé en votre honneur une réunion au Ministère de la Question Paysanne et une voiture vous attend !"*

A ces mots, Claire ne pense qu'à une chose : dix heures de piste ! Si on ne part pas tout de suite, on ne passera pas ce réveillon de Noël à Gorom Gorom, comme elle en rêve depuis le jour où Pierre l'a invitée ! Ce n'est pas possible...

La réaction de Robert, la rassure tout de suite. *"Je ne peux prévoir la durée de la réunion. Donc, repars au Point avec Anne et le chauffeur, refais un ordre de mission et partez tout de suite à Gorom. Je m'occuperai moi-même de trouver un avion pour eux ce soir ou demain matin."* Ouf ! Anne et Hamidou, le jeune chauffeur, se réjouissent avec elle que le programme n'ait pas été changé.

Claire était chargée de remplir et de signer des ordres de mission chaque fois qu'un véhicule partait pour Gorom Gorom. Papier officiel précieux aux innombrables postes de police qui jalonnaient la route. On devait s'arrêter pour vérification des papiers du véhicule, des cartes d'identité des voyageurs mentionnés. Contrôles soumis à l'humeur du policier en faction, tantôt soupçonneux, tantôt bon enfant, ou même indifférent, installé à l'ombre de sa cahute et vous invitant de loin d'un geste de la main à poursuivre votre chemin. Parfois vous rencontriez la mauvaise humeur engendrée par un sommeil brusquement interrompu. En pleine nuit, la lampe électrique était braquée à l'intérieur du véhicule, en grommelant, pour vérifier l'exactitude des identités déclarées. Que d'ordres de mission remplis et signés, à chaque départ du 4x4 ou de la bétaillère, à destination de Gorom ! Elle se souvient qu'il était mentionné en haut de la feuille : *"Ordre de Mission n°..."* Elle n'oubliera pas la réponse ahurissante de Robert auquel elle demandait le numéro qui devait y figurer : *"Celui qui te passe par la tête, on n'en tient aucunement compte!"*

*

Avec quel bonheur, ils repartent donc vers *le Point* où les deux banquettes vides réservées pour René Dumont et sa compagne font le bonheur inespéré de quatre jeunes gens, débarqués de l'avion du matin, attendant un hypothétique transport pour monter à Gorom Gorom ! La joie est dans les cœurs en cette veille de Noël. Claire sait où elle va, qui elle va retrouver. Anne partage sa joie de repartir avec elle. Quant aux jeunes passagers, un peu désorientés par leur première vision de l'Afrique, leur bonne humeur et leur gentillesse en feront des compagnons fort appréciés.

Hamidou ne prend pas la même route qu'à son premier périple, il se dirige vers le Nord, une route meilleure, des paysages vallonnés... L'Écosse sans la verdure... Un marché ombragé où on s'arrête pour manger de bon appétit : patates douces bouillies, boules sucrées aux graines de sésame, beignets de haricots, mandarines... On repart vers Djibo, route de terre bordée de baobabs d'un diamètre impressionnant... La température est bien plus agréable qu'en début novembre, pas de vent, donc pas de poussière, un ciel d'un bleu profond. Hamidou, heureux d'être mêlé à cette joie communicative, fait halte de bonne grâce à tous les arrêts photos que les jeunes, qui ne savent où donner de la tête, leur demandent.

Puis on commence à trouver les épineux, les cadavres d'arbres, le Sahel dont elle connaît déjà la détresse mais qu'elle partage à nouveau avec ces jeunes gens, bouleversés par le spectacle. Elle y retrouve les dromadaires lents et majestueux, les femmes peules aux longues tresses, auxquelles sont accrochées des pièces argentées du plus bel effet, un touareg superbement habillé, sabre à la ceinture... Elle reconnaît les couleurs dorées dans le soleil qui décline, plus pures encore dans un environnement sans poussière. Elle réalise que, hier encore, elle était dans ce Ouagadougou bruyant, poussiéreux, dans cet univers où la misère est beaucoup plus sensible que dans ces solitudes désertiques.

A la nuit tombante, le 4x4 s'immobilise devant l'entrée du Campement hôtelier. Claire est surprise par le bruit, dans un lieu qui, il y a deux mois, l'avait tant impressionnée par son silence. C'est Noël, c'est la fête, les tam-tams résonnent. De nombreux touristes blancs savourent un Noël exotique. Pierre est très entouré. Il vient néanmoins l'embrasser en s'excusant presque: *"Tu sais, je n'aime pas tout ce bruit et ce monde, mais je n'ai pas le choix. A Noël, le Campement fait le plein et j'ai grandement besoin de l'argent du tourisme, ici, pour poursuivre mes stages jusqu'en mars. Ne sois pas trop déçue !"* Déçue, elle l'est un peu. Elle avait tant besoin de trois jours de calme ! Mais Jean et Jean-Claude se précipitent, à peine reconnaissables, la peau tannée, barbus et chevelus à souhait. Et le plaisir des retrouvailles l'emporte sur la déception. Elle retrouve la chambre qu'elle partagera encore ce soir avec Anne. Mais elle ne jouira pas des nuits sous les étoiles. Surprise par la température de la nuit qui avoisine 10° environ, alors qu'elle monte à 40° dans la journée, en cette période de l'année, elle restera bien au chaud sous sa couverture, à l'abri des murs de terre, mais la flûte de Pan bercera encore son sommeil.

La Toyota du Campement commence ses allées et venues pour emmener les touristes qui le désirent à la messe de minuit à l'église de Gorom Village. Mais Anne et Claire décident de négliger le véhicule et de partir toutes deux à pied, sous les étoiles. La température est idéale pour la marche. Elles ne peuvent résister à l'appel d'une messe de minuit en plein désert sahélien ! Une foule se presse dans la minuscule église où les touristes européens du campement se mêlent aux villageois. Sur le devant de la nef, des femmes sont assises, bébés noirs tous vêtus de blanc sur leurs genoux. Les tam-tams résonnent et rythment la cadence des jeunes danseuses dans l'allée centrale. Un prêtre blanc officie, assisté d'un jeune prêtre noir. Puis, à la fin du rituel, ils se tournent vers les fidèles, tandis que les mamans se lèvent, leurs bébés dans les bras. Et elles assistent, surprises et émues, au baptême des enfants présentés un à un au prêtre. Dans cette contrée, la coutume veut que les enfants reçoivent ce sacrement la nuit de Noël. Chaque petit front est aspergé de l'eau rituelle, accompagné de cris non moins rituels, tandis que les tam-tams déchaînés et les transes amplifiées des danseuses ponctuent chaque ablution. La cérémonie dure. En Afrique, les bébés sont nombreux, les mères viennent de villages lointains, les églises sont rares ! Il fait très chaud, les murs de terre ont gardé la chaleur du jour. Claire et Anne décident de repartir avant la sortie de la foule, tandis que les tam-tams commencent à perdre de leur vigueur.

*

Une fraîcheur bienfaisante les saisit. L'éclat des étoiles est intense, mais l'obscurité est totale. Pas le moindre clair de lune pour guider leurs pas. Seules, les balises rouges de la piste d'atterrissage, au loin, leur indiquent la direction du Campement. Anne tient une lampe électrique si faible qu'elles distinguent à peine les bords du sentier sableux ! Bientôt, le cramcram leur pique chevilles et pieds et leur laisse deviner qu'elles se sont écartées de leur route. Marchant tant bien que mal dans cet enchevêtrement, les balises rouges sont, à présent, leur seul repère. Impossible, dans ce contexte, de ne pas penser à un serpent, à quelque scorpion ou autre bestiole qui abondent par ici. Bravement, cependant, elles avancent... lorsque retentit non loin d'elles une injonction qui les glace d'effroi : *"Ne bougez pas ou je tire !"* Tandis que Claire retient Anne qui veut avancer, elle lance dans la nuit : *"Nous ne bougeons pas, nous venons de la messe de minuit à Gorom, nous allons au Campement hôtelier et nous avons perdu notre chemin !"* Alors une lampe électrique s'allume et un militaire, l'arme au poing, s'avance vers elles en grommelant : *"Vous êtes en zone militaire au poste frontière du Mali, vous n'avez pas à être ici ! Suivez-moi, je vais vous remettre dans le chemin"*. Après leurs remerciements, ô combien chaleureux, il se fond dans la nuit noire, dans cette nuit de Noël où tant de lumières doivent briller sur tous les continents ! L'alerte a été chaude !

Encore tremblantes, elles arrivent au Campement. Le personnel s'affaire à préparer les tables du réveillon. D'alléchantes odeurs de méchoui chatouillent agréablement l'odorat. Bernard, splendide, dans une tenue neuve traditionnelle préside à toute cette agitation. Il écoute, amusé, leur mésaventure: *"Ça ne rigole pas ici, l'an dernier il y a eu la guerre avec le*

Mali et j'en ai soigné des blessés que l'on m'amenait ! Ils ont peur, depuis, que quelques bandes rivales patrouillent encore et ils on raison de se méfier. Vous n'avez pas été très prudentes de partir seules"... La guerre avec le Mali ! Elle se souvient, en effet, de quelques entrefilets dans les journaux qui parlaient d'accrochages entre bandes rivales à la frontière du Mali! Se serait-elle doutée que, sur les lieux même de cette guerre si lointaine, elle aurait pu, une nuit de Noël, en être une victime innocente !

Mais la fête bat son plein, sous les paillotes, à la lueur des bougies. Il fait bon, pas un brin de vent. Une cinquantaine de touristes se régale d'un délicieux méchoui accompagné d'une sauce de légumes, de melons et enfin de spécialités régionales amenées par chacun : tourons du Pays basque, nougats de Montélimar, biscuits catalans... La fête bat son plein aussi dans les cuisines où l'on réveillonne au son des tam-tams.

Après le périple Ouaga-Gorom, les frayeurs de la nuit, le réveillon sous les paillotes suivi de la sympathique réunion dans la chambre de Jean, où elles ont dégusté, avec Pierre et Jean Claude, magrets de canard au vin d'Anjou, Claire et Anne n'aspiraient plus qu'à un bon repos. Le soleil déjà haut et chaud était présent à leur réveil.

*

Les tam-tams se sont tus. Le Campement a retrouvé son calme. Claire a tout loisir, ce matin de Noël, de discuter avec les touristes, tous des voyageurs intéressés par l'agroécologie. Quelques enseignants ont profité de leurs vacances pour venir voir sur place le travail de Pierre. Un professeur de lycée agricole du Midi de la France, venu avec sa famille et quelques élèves. Claire les retrouvera à Ouagadougou pour une nuit de la St Sylvestre mémorable à la *Maison du Peuple*[12]. Il y a aussi cette étudiante en français qui avait choisi *Le gardien du feu*, dernier livre de Pierre Rabhi, comme sujet de mémoire. Très touché et reconnaissant de ce choix, il lui consacrera de longs moments de travail.

Puis un petit avion militaire arrive en bout de piste, amenant René Dumont et sa compagne. Militaires toujours très dignes, un peu effrayants, arme à la ceinture, qui rappellent soudain à Claire sa frayeur de la nuit. S'adressant à Pierre qui les accueille : *"Un paquet est arrivé au Point Mulhouse, on m'a chargé de vous le remettre"* – *"Claire, c'est pour toi"* s'écrie joyeusement Pierre *"un cadeau de Noël bienvenu !"* Et si loin de la France, lui arrivait, par avion militaire, un témoignage d'amour de sa famille, un présent de son neveu : une petite chouette en terre cuite, accompagné d'une carte où elle reconnaît bien son humour plein d'attention : *"Claire, je t'envoie cette petite chouette parce que c'est vraiment « chouette » ce que tu fais !"*

Précieux talisman qui la suivra partout, trônera sur son bureau au *Point Mulhouse*, dans sa chambre, là où elle passera.

---

[12] *L'Ecole du Manguier*, Editions L'Harmattan

Brisé un jour par un petit Africain, désolé. Recollé plusieurs fois, il est toujours en bonne place, aujourd'hui, dans son petit coin à souvenirs.

René Dumont, en spécialiste, veut se rendre compte des réalisations dans les villages périphériques. Claire repart avec lui, Pierre et ses amis vers ces villages du bout du monde. Elle retrouve les dunes d'Oursi, au pied desquelles l'apparition d'un jardin vert semble tenir du miracle. Richesse des discussions entre ces deux personnalités, conversations avec les paysans grâce à Abdullah, l'interprète qu'ils avaient amené. Elle se souvient d'une halte au cœur d'un village où tous, grands et petits, accourent et cernent le véhicule. Les enfants, torse nu, curieux et rieurs, entourent Abdullah qui parle leur langue.

Claire se tient sous un jujubier et Jean lui fait découvrir et goûter ses petits fruits sucrés, tout en écoutant l'instituteur du village leur parler de ses cours d'alphabétisation des femmes, en langue peul. Alphabétisation ! Ce mot réveille en elle le souvenir de son stage à l'Ecole Internationale de Bordeaux. Elle en comprend ici, sur place, toute l'utilité. Combien elle admire cet homme, qui, le soir, après sa journée de classe, conduit, en dépit de la fatigue, un programme d'alphabétisation pour les *"petites mères"* du village. Celles-ci disent tout l'intérêt qu'elles portent à cet apprentissage, malgré leur difficulté à concilier les cours tout en assurant la survie de *"la grande famille"*. Elle se rappelle aussi les conversations avec Simone Kaboré, à Ouagadougou, sur l'émancipation des femmes africaines, dont elle est le porte-parole enthousiaste. Elle revoit également les grands panneaux découverts le jour de son arrivée dans la capitale : 'APPHABETISATION COMMANDO'. Vœu d'un jeune Président qui tentait une avancée décisive pour son pays.

Le jour baisse et rapidement, la chute brutale de la température fait frissonner Claire. Elle met un lainage sur ses épaules. Elle prend conscience, soudain, que les enfants sont, eux, torse nu. Remplie de compassion, mais désemparée et impuissante, elle ne peut que regarder ces enfants, indifférents à un environnement devenu subitement hostile, saisis par un grelottement irrépressible, qui continuent malgré tout à écouter Abdullah avec le même intérêt. Quand la Toyota démarre, ils s'égaillent comme une volée de moineaux, vers les feux qui s'allument dans les concessions.

> *"Il n'y a plus ici le vert de l'espérance*
> *Et seul le sable pousse au cœur de la souffrance,*
> *Mais les rires d'enfants habillés de bonheur,*
> *Refusent obstinément de subir ce malheur..."*[13]

Comme ces quelques vers prennent ici tout leur sens !

Sur le chemin du retour, les phares de la Toyota balaient les pistes de la savane quand le chauffeur est attiré par les signaux d'une lampe électrique, au loin. Il stoppe le véhicule devant un couple arrêté auprès d'une mobylette. Après de longues discussions avec Abdullah, ce dernier demande si l'on peut embarquer les deux jeunes gens et la mobylette. Demande acceptée de bon cœur, bien sûr. On se serre, on arrive tant bien que mal à caser l'engin. On repart. Alors Abdullah explique : *"Ils sont mariés depuis quelque temps, mais la femme s'est échappée. Elle était repartie dans sa famille. Furieux, il est allé la chercher et la ramène maintenant chez lui !"*

Et ils se retrouvent, témoins impuissants d'un drame conjugal, compatissants devant la mine triste, honteuse et déconfite de la jeune femme, tandis que l'homme, assis auprès d'elle, reste impassible, le regard dur, sûr de son bon droit.

---

[13] *Sourire au Sahel*, Serge Armengol

*

Des souvenirs assez confus se pressent dans son esprit en cette dernière journée de fête à Gorom Gorom. Le lendemain dimanche, Claire doit reprendre la longue route et lundi, la ronde infernale du travail au *Point Gorom* reprendra. Elle se souvient avoir accompagné René Dumont et Charlotte au marché aux dromadaires de Gorom village. L'harmattan s'est levé ce matin et la poussière, fidèle compagne, accentue la pauvreté des étalages posés à même le sol. Les dromadaires blatèrent, cris inconnus, étranges. Des touaregs voilés jusqu'aux yeux examinent minutieusement les animaux pour en déterminer le prix. Ils discutent ferme. Le dromadaire est la bête de somme dans ces contrées désertiques. Dans une famille, la richesse s'évalue au nombre de bêtes. Une employée du *Point Mulhouse* à Ouaga, lui avait demandé de rapporter des dattes fraîches. C'est la première fois qu'elle découvre ce fruit dans son milieu naturel.

Elle a beaucoup écrit sous les longues paillotes à Bastien, Isabelle et Marie. Elle leur raconte ces journées extraordinaires dans un environnement difficile à imaginer pour eux. Elle a souvent été interrompue par René Dumont, qui met ses notes à jour à côté d'elle. Il tient à ce qu'elle les relise, les corrige au besoin, car elle doit les emporter le lendemain à Ouagadougou pour les faire taper à la machine. Une collaboration des plus familières, confiance à laquelle elle est sensible. Mais elle sent avec un peu d'angoisse, que la routine de Ouagadougou va bientôt reprendre. Bernard lui prépare la liste des commissions, charge déjà les bouteilles de gaz vides sur le 4x4...

Elle a longuement causé avec tous ceux qu'elle aime ici, qu'elle va quitter à nouveau. Elle appréhende la solitude qui l'attend. Pierre lui redit combien il se réjouit de l'avoir choisie comme collaboratrice. Mais il est navré toutefois, que la charge de travail soit si lourde !

Elle reprend son long périple poussiéreux le dimanche matin. L'harmattan ne désarme pas. Le 4x4 ramène des touristes qui désirent passer la fin de leurs vacances dans la capitale. Arrêt dans un village de brousse pour se restaurer, se rafraîchir. Trois ou quatre tables rouillées, quelques sièges, sous un rudimentaire abri de paille. Des brochettes de viande, du pain que l'on pose au milieu de la table dans un plat émaillé, constellé d'éclats. Des chiens faméliques rôdent. Une jeune touriste écarte quelques morceaux de viande coriace, un peu gras. Dans un réflexe naturel, elle s'apprête à jeter aux chiens les morceaux triés. Sa mère, d'un geste, l'arrête. *"Non, ne fais pas ça !"* Elle obéit, étonnée. Le groupe rejoint le 4x4. Claire se retourne. Quelques enfants, autour des tables qu'ils viennent de quitter, dévorent leurs restes, les disputant aux chiens ! *"Tu comprends, dit la mère à sa fille, pourquoi j'ai arrêté ton geste... Je savais que les enfants étaient à l'affût aussi, je suis déjà passée ici"*. Claire est émue jusqu'aux larmes. Cette image la hante encore aujourd'hui. Elle avait touché là le fond de la misère. Il lui est difficile de supporter à présent les moues de dégoût d'enfants trop gâtés.

*

A Ouagadougou, le travail reprend son rythme infernal. Ibrahim l'attend, heureux de la revoir. Elle retrouve Sitta, revenue d'un séjour en France, pour une opération des amygdales. Un médecin français, ami de ses frères, l'avait accueillie à l'aéroport de Marseille, conduite dans une clinique de Nice, opérée, amenée en convalescence chez lui, dans une superbe maison surplombant la mer. Une fois bien rétablie, il l'avait reconduite à l'aéroport. Tout cela gracieusement. Sitta ne savait comment remercier ce Français de tant de générosité.

Et puis recommence pour Claire un travail abrutissant. Pierre est redescendu de Gorom quelques jours plus tard pour attendre Cécile, sa fille aînée venue en visite. Comme toujours, on profite de sa présence pour préparer la conférence sur l'agroécologie. Tout se passe dans le bureau de Claire, le coin pour s'isoler. Ordres et contrordres se succèdent. Pierre défend une agroécologie pure, d'autres prônent des compromis. Des tensions se créent. Claire est un peu dépassée... Serge arrive lui aussi. Il initie Claire aux dossiers en suspens : dédouanement de voitures, impôts à déclarer, à payer, démarches administratives interminables. Tout ceci l'intéresse peu, la fatigue. Dans le bureau de Claire, les discussions se font de plus en plus serrées. Discussions dures, tendues.

Il faut aussi reprendre la route du marché, les dossiers des stagiaires à préparer, la comptabilité à poursuivre. Claire suit difficilement le rythme effréné de Serge qui fonce, démêle, résout tous les problèmes, nœud vital de toute l'organisation.

Une pause bienfaisante dans ce tourbillon avec l'arrivée de Cécile, la fille aînée de Pierre dont il disait d'elle, à la naissance *"...Je la vois déjà, plantule parmi les plantes, sous le regard vigilant du soleil, petite graine humaine unissant ses cris à ceux de la création..."*[14] Aujourd'hui, dans la petite ferme familiale en Ardèche, cette plantule est devenue une percussionniste talentueuse et la garrigue alentour résonne de l'écho de ses instruments. Claire passe avec eux des instants délicieux à *La Forêt*. Elle découvre sa simplicité, à l'image de celle de son père, son intelligence. Des conversations prolongées dans la fraîcheur des ombrages.

Mais l'atmosphère se fait toujours plus lourde, la tension monte. Une après-midi, pendant la sieste, elle craque, un flot de larmes la submerge. Inquiet de ne pas la voir revenir, Serge arrive dans sa chambre. Désolé de la voir dans cet état : *"Calme-toi et viens avec moi, nous allons sortir, nous rafraîchir et parler."* Et ils parlent, elle vide son cœur. Elle ne supporte plus les tensions qu'elle décèle à présent. Elle est venue ici avec tout son courage apporter une aide franche et loyale dans un esprit de collaboration, de fraternité, de solidarité. Elle sent monter une discrimination qui lui fait mal. Serge l'écoute, puis lui parle des difficultés du *Point Air* qu'elle ignorait, de la menace qui pèse sur la compagnie et en conséquence sur Gorom Gorom, de la difficulté de gérer un personnel mixte franco-africain... Cela lui fait du bien de s'épancher !

A leur retour, ils apprennent avec émotion que Pierre a eu un accident de voiture. La cheville cassée, transporté à l'hôpital, il est ensuite remonté en avion militaire jusqu'à Gorom Gorom. René Dumont fera donc, seul, la conférence sur l'agroécologie.

Le lendemain, Serge, triomphalement, lui annonce : *"A partir de demain, tu auras le téléphone dans ton bureau. Je délègue*

---

[14] *Du Sahara aux Cévennes,* Pierre Rabhi

également Fatou, une employée du Point Air, qui viendra travailler avec toi à temps complet. Tu la formeras le temps que tu désireras et quand tu voudras rentrer en France, elle prendra une succession facile puisqu'elle sera formée au travail qui l'attend".

Quel miracle ! Il a fallu qu'elle arrive au bout de ses forces pour que soient prises des décisions qui s'imposaient, décisions que Pierre réclamait depuis longtemps. Ibrahim, lui avait souvent répété : "*Ici, les Burkinabé ont un profond respect des personnes d'un certain âge. Tu devrais être épaulée par quelqu'un qui t'initierait petit à petit, cela te faciliterait la tâche*".

*

Fatou est là depuis quelques jours. Un sentiment de libération. Elles ont fait ensemble la comptabilité toute une après-midi. Quel repos ! Elle est jeune, gentille et pleine d'entrain, bien décidée cependant à négocier un salaire décent. Des décisions semblent se prendre pour une organisation plus cohérente. Pierre descend de Gorom Gorom, très fatigué. Claire l'accompagne à une réunion où ont été définies les nouvelles orientations du Centre. Puis il décide de rentrer en France, revoir son Ardèche, faire examiner son pied par un médecin français, "recharger ses batteries" pendant quelques jours. Il reviendra ensuite finir ses stages. Quant à Claire, elle a pris, elle aussi la décision de rentrer en France puisque Fatou, une salariée de son pays peut la remplacer. Elle ne sait si elle sera encore là au retour de Pierre. Comme il l'a serrée fort en partant, comme il a senti son désarroi ! Combien lui a été précieuse son humanité si chaleureuse !

Sa décision est prise. Avec Sitta, elles ont regardé les dates. Ce sera le 27 février. Elle est plus calme, depuis. Comme elle aurait aimé avoir sa fille auprès d'elle pour lui dire : *"Viens, maman, on vient te chercher, on t'attend à la maison."* Elle se serait laissé faire avec joie... Mais, ce n'est qu'un rêve, elle fera, seule, une fois encore, le chemin du retour.

A sa grand surprise, Jean-Claude descend de Gorom Gorom ce soir. Il n'était pas revenu à Ouaga depuis leur premier périple du 6 novembre. C'est curieux, si loin l'un de l'autre, ils ont ressenti les mêmes tensions, les mêmes déceptions quant à l'attitude de certains Européens vis-à-vis des Africains. Jean et Jean-Claude qui se posent les mêmes questions qu'elle, doutent, désirent rentrer en France faire le point. Etrange. Arrivés par le même avion, sans se connaître, avec le même enthousiasme. Mêmes déceptions au même moment, et peut-être, le même avion de retour !

Claire a reçu ce matin la première lettre d'Anne qui a quitté Gorom le 2 janvier. Combien elle aurait voulu, comme elle, quitter l'Afrique après Noël, après son dernier séjour à Gorom et rester sur ce merveilleux souvenir, ne pas vivre ces mois difficiles, ne pas assister à la dégradation progressive de la situation qui se conclut ce soir par l'interdiction de tous les vols du *Point Mulhouse* intimée par l'Aviation Civile Française. Tout se tient, elle comprend mieux le malaise qui plane depuis tous ces jours, les tensions internes entre les personnels européens et africains, la confusion, les ordres, les contrordres... Claire se refuse à voir l'Afrique à travers *Le Point Mulhouse* seulement. Au-delà de tout cela, il y a Pierre et Gorom.

Tout va s'achever. Claire ne regrette rien, ni sa venue, ni son départ. Elle transmettra tous ses dossiers à Fatou.

*

La bâchée verte, attendue depuis si longtemps, est enfin dédouanée, prête pour le service.

"Ce week-end avant ton départ, on le passe avec toi, Claire" lui disent Ibrahim et Théo. *"On va te faire visiter des villages et des jardins scolaires où paysans et instituteurs formés par Pierre appliquent ses méthodes."* Quelle bonne décision ! Claire s'émerveillera toute la journée devant les tomates, les aubergines, les haricots verts, les choux, en pleine production, dans des enclos au milieu de déserts de pierrailles. Les enfants, heureux, arrosent et pataugent. Elle regrette que ce ne soit pas un jour de classe. Elle aurait peut-être retrouvé l'un des instituteurs rencontrés à Gorom ! Superbe souvenir de ces deux journées de passionnantes découvertes, de discussions enrichissantes. Ils ont été d'une prévenance sans égal envers elle. Elle se sentait à l'aise avec eux, en confiance !

Ils décident de faire halte dans la ville de Koudougou. Une auberge toute neuve, avec une bonne douche. A la tombée de la nuit, Ibrahim propose de lui faire rencontrer un ami diplômé d'anglais, qui a choisi de rester dans son village pour s'occuper d'enfants pauvres. *"Tu verras, c'est un gars formidable, il va être surpris de me revoir !"* Et les voilà partis vers le *secteur 10*, quartier de Koudougou, à travers des chemins de terre défoncés, sans lumière, où Ibrahim avait du mal à trouver sa route ! Enfin, un néon brille au-dessus d'un grand portail bleu. *"C'est là !"* dit Ibrahim. Le portail s'ouvre. Koudbi Koala ! L'instituteur burkinabé entrevu dans son bureau à Ouaga. Quelle heureuse surprise ! Ibrahim et Koudbi, deux amis ? Mais cela ne l'étonne pas. Koudbi l'avait, en effet, touchée par sa franchise et son grand sourire. Elle le retrouve ce soir, dans sa *cour*, auprès d'une nuée d'enfants béats d'admiration devant des vidéos qu'il leur avait ramenées de France. Souvenir chaleureux d'une longue soirée détendue, entourée de trois amis.

Les enfants ont quitté la *cour*, peu à peu. Il est tard, il faut se séparer, à regret : *"Revenez demain, je ne serai peut-être pas là car il y a des funérailles, mais mon ami français vous fera voir les premières réalisations de l'école."*

Et l'on repart vers la sympathique auberge. Dans la matinée, ils visitent une boutique de pharmacopée africaine. Des bocaux sont alignés sur lesquels elle lit au hasard *"Contre les mauvais esprits..., Contre la stérilité..."* Le pharmacien, très fier, lui fait voir son diplôme. Elle ne peut s'empêcher de penser au sociologue de *La Forêt*, convaincu des vertus de la médecine africaine. Pourquoi douter de cette thérapeutique naturelle, basée sur les plantes ? Puis on repart vers Sabou, à la mare sacrée des crocodiles. Une vaste étendue d'eau au bord de laquelle des crocodiles pacifiques dorment, ou se déplacent avec lenteur : *"Ici"*, dit Théo, *"ils meurent de vieillesse. L'un d'eux a 102 ans ! On dit aussi que, si on en tuait un, un habitant du village mourrait... Les gens pensent aussi que les ancêtres se réincarnent sous forme de crocodile."* Afrique nourrie de superstitions et des croyances.

L'après-midi, ils sont revenus voir Koudbi et son école. Mais il n'était pas là, parti aux funérailles. Elle apprendra, plus tard, que les funérailles peuvent durer plusieurs jours en Afrique. Yvon, le jeune éducateur français qui travaille là depuis deux ans, leur fait voir l'école : trois classes paillotes ouvertes à tous vents, sur un terrain nu et brûlé de soleil ! C'est dimanche, il n'y a pas classe. Pourtant, des jeunes gens écrivent sur l'un des murs de la classe recouvert d'ardoisine. *"C'est le tableau, et l'école est ouverte à tous, ouverte à tous vents, ouverte au savoir..."* nous dit Yvon dans un sourire. *"Ce sont des élèves du lycée de Koudougou qui viennent faire leurs devoirs ici, chez nous."* Elle remarque le texte, surprenant : un résumé de la guerre 39-40, en France. Pas une faute d'orthographe, surprenant aussi. Plus loin, des enfants se penchent sur des caisses ouvertes, des petits, assis par terre, feuillettent avec avidité des livres d'images : *"Un convoi est arrivé de France, il y a quelques jours, avec tous ces livres envoyés par une œuvre laïque française. Nous serions heureux si vous pouviez nous trouver d'autres soutiens..."* lui dit Yvon. Elle pense déjà que les livres au rebut à la mairie d'Arcachon pourraient être les bienvenus...

*

Il faut pourtant revenir à Ouagadougou. Ils y arrivent assez tôt dans l'après-midi, mais ils n'ont pas envie de se séparer si vite. Il fait chaud, ils ont très soif et décident d'aller boire à la *Paillote de l'an II* (de la Révolution !). *"C'est très joli, tu verras"*. Décor superbe, il est vrai, ombres fraîches, paillotes disséminées dans la verdure... *"Des coins pour amoureux"* leur dit Claire. Cela les amuse beaucoup. Ils sont restés là, longtemps, jusqu'au déclin du jour, à boire des citrons pressés glacés, à discuter... Ils étaient bien tous les trois. Ils se comprenaient, quelque chose de très fort s'était soudé durant ce week-end.

Le lendemain, lundi, c'est le retour au bureau. Son départ est fixé dans la nuit de mardi à mercredi, par l'avion-cargo du *Point Mulhouse* qui la conduira à Marseille. Claire se penche une fois encore sur la comptabilité qu'il faut mettre à jour avant la passation de pouvoirs à Fatou. Un dernier effort... Et puis, un bruit se répand dans la propriété : *"Demain soir, le personnel du Point au grand complet est invité à un dîner chez Robert, en l'honneur de Claire!"*

Claire accepte de bon cœur cette réunion organisée en son honneur. Seul, Ibrahim, dont elle comprend la réserve, déclinera l'invitation. *"Mais"*, dit-il, *"ce soir, avec Théo et ma fiancée nous t'emmenons manger du poisson dans un restaurant africain"*. Quelle bonne idée ! Vers 19h, la bâchée verte dont il est si fier et qu'il sera obligé d'abandonner le 15 mars à la fin des stages de Gorom, vient la chercher. Un souvenir un peu lointain de cette soirée, d'un chanteur noir qui parlait de la dignité de sa race. *"Je t'enverrai la cassette"* lui disait Ibrahim... Et puis, la bâchée l'a ramenée pour la dernière soirée, 'chez elle'. *"On repassera te dire un dernier au revoir."*

Le dernier matin, à 9h30, un moment solennel. Claire remet les comptes et les registres de la comptabilité à Fatou, en présence de Robert. Un immense soulagement. Adieu les responsabilités d'argent, l'esprit soudain libéré d'un fardeau trop longtemps porté. Puis, Sitta entre en coup de vent. *"Claire, Robert m'a donné pour toi de l'argent de la part du Point. Viens, on va choisir ensemble un cadeau."* La somme est importante, Claire est touchée. Elle n'hésite pas longtemps sur le choix, s'étant souvent arrêtée dans la galerie marchande de l'hôtel Indépendance devant une serviette en cuir, superbe, trop chère pour son budget. Serviette qui la suivra dans tous ses déplacements futurs, le bagage indispensable où elle mettra toujours ses papiers les plus précieux...

Pas le temps d'aller à *La Forêt* pour son dernier repas, trop de choses à préparer. Elle se souvient qu'Ibrahim devait la prendre à 15 heures pour un dernier sursaut de coquetterie : une séance chez le coiffeur. Mais Fatou, tout excitée est venue changer ses plans : *"Je dois aller chez ma coiffeuse pour le dîner de ce soir. Je t'emmène, elle te prendra avec moi. Ensuite, nous irons chez ma mère qui garde mon bébé. Je veux absolument que tu le connaisses avant ton départ."*

Elles roulent bientôt dans la chaleur insupportable de l'après-midi. En Afrique, quel bonheur de rouler en mobylette, non pour le confort du siège, mais pour le déplacement d'air occasionné et la fraîcheur bienfaisante qui en résulte ! Et elles se retrouvent assises dans un petit salon africain, tenu par une femme du Cap Vert, tout étonnée de coiffer une Blanche. Fatou est assise auprès d'elle. Claire note ses cheveux longs et souples et lui en fait la remarque : *"mais moi, je suis Peul ! Tous les Africains n'ont pas les cheveux courts et crépus comme les Mossis*[15]*."*

---

[15] Ethnie majoritaire du Burkina Faso

Dire que Claire est satisfaite de la coiffure serait exagéré. Mais peu importe. Fatou est si heureuse et ses amies si gentilles. Puis on va voir le bébé aux grands yeux, sur le dos de sa grand-mère. On lui présente la famille, la vraie famille africaine, nombreuse et soudée.

Fatou avait déjà quitté la demeure familiale en se mariant à un saint-cyrien attaché à la garde du jeune Président. Elle avait tenu à le lui présenter un jour, chez elle, et Claire avait été impressionnée par les militaires montant la garde devant la maison. Elle avait eu le privilège de partager avec ce couple une bouteille de vin de Bordeaux, ouverte en son honneur. Garçon superbe, distingué, 'teint clair' dit-on, lorsque le noir est moins foncé. Il l'avait un peu intimidée.

Puis Fatou la reconduit à sa chambre, l'aide à boucler ses bagages dans lesquels elle doit encore loger tous les petits cadeaux dont elle l'a gratifiée. Journée qui l'avait touchée par toutes les attentions dont elle avait été entourée !

*

Ses dernières heures sur le sol africain arrivent vite à présent. Son expérience a été rude, mais ce n'était qu'une première approche. Elle a noué de véritables amitiés. Elle reviendra persuadée qu'une collaboration franche et loyale est possible entre des peuples si différents, quand le respect est mutuel. Elle a compris le sens de l'échange véritable : nous avons autant besoin de recevoir que de donner. Elle a compris aussi que, pour certains, bien des tabous, des préjugés doivent tomber encore. Il faudra qu'ils comprennent qu'ils ne détiennent pas toutes les vérités, qu'il convient de respecter coutumes et traditions, s'abstenir de jugements trop hâtifs.

Les heures passent. Vers 18 heures, Ibrahim et Théo viennent lui dire un dernier au revoir. Embrassades, émotion, ultimes bavardages, on la tiendra au courant de l'avenir de Gorom... Elle les raccompagne jusqu'au portail de la propriété, le cœur serré de les quitter, de voir s'éloigner à jamais la bâchée verte le long de l'avenue, qui se fond dans la nuit tombante.

Cette fois, c'est le vrai départ. Vers 19 heures, Paul, un chauffeur du *Point Raid* vient la chercher avec ses bagages. Il l'emmène chez Robert pour la soirée. Avec émotion, elle laisse sa petite maison du *Point Gorom*, oubliant déjà les matinées démentielles pour ne se rappeler que les rencontres, les réunions riches et passionnées, le *rac* et l'amitié de Bernard, le jeune chauffeur du 4x4, les arrivée surprises de Pierre ou d'Anne, la grande amitié qu'elle a laissée, là-bas, au Sahel, si présent dans son esprit.

Hamadou, son gardien de nuit, si attentif à ses besoins, lui serre la main avec émotion. Il faut partir avec une sensation de définitif. Et brusquement, après un trajet où ses pensées l'ont occupée tout entière, ils arrivent chez Robert. Sous la véranda où les lumières brillent dans les branches, une grande table est dressée, recouverte de superbes pagnes bleus, autour de laquelle le *Point Mulhouse* est réuni au grand complet. On porte des toasts à sa santé, au travail fourni, à son voyage de la nuit. Elle fait admirer sa serviette et adresse mille remerciements pour ce cadeau d'une grande valeur. La bonne humeur et la gentillesse de tous prévalent tout au long de l'excellent repas. La femme de Robert prend la parole pour lui dire : *"C'est formidable ce que tu as fait, tu nous donnes un bel exemple de courage, avec une jeunesse d'esprit extraordinaire"*. Claire associe à cet éloge tous ceux qui ont collaboré avec elle.

Puis, arrivent trois Africains invités par Robert : *"Ce sont les trois pilotes nigérians qui vont te conduire à Marseille cette nuit, avec le cargo du Point. Je tenais à ce que tu fasses leur connaissance."* Trois grands gaillards qui ne parlent que l'anglais. *"You'll be in good hands!"* (vous serez en de bonnes mains). Acceptons-en l'augure !

Enfin, sa dernière surprise, pleine de reconnaissance, le cadeau offert par Robert : la cassette vidéo réalisée par FR3 Mulhouse à son arrivée ! Elle pourra revivre, à l'envi, ces exceptionnelles journées, ses premières émotions africaines, moments privilégiés.

Puis, on se sépare avec tous les souhaits de *"Bonne traversée, Claire"* habituels en Afrique. Après un repos de quelques heures, Robert lui-même viendra la réveiller pour la conduire à l'aéroport où il doit surveiller l'embarquement de haricots verts pour la France...

1 heure du matin. Sur la piste de l'aéroport désert, seule, en haut de la passerelle de l'avion-cargo, sa dernière nuit dans la chaleur de l'Afrique, un ciel brillamment étoilé, la lune horizontale. Durant deux heures, elle assistera à l'embarquement de 36 tonnes de haricots verts ! Quelques jours auparavant, dans une coopérative agricole, elle avait assisté, sous un soleil accablant, à la cueillette et au tri à la main de ces légumes. Elle avait appris avec effarement que le paysan ne recevait que 2F par kilo ! Elle accompagnera la cargaison jusqu'à Marseille, seule dans la cabine de pilotage, avec les trois Nigérians musclés, pleins d'attentions à son égard, partageant leur petit déjeuner avec elle, partageant aussi leur émerveillement devant un lever de soleil somptueux sur l'Algérie. Ils lui avaient indiqué le rocher de Gibraltar, minuscule point d'une grande netteté dans la pureté de l'air. Collaboratrice, depuis quatre mois dans un programme agricole, elle se devait de terminer son séjour comme convoyeuse de haricots verts !

Quelques jours plus tard, elle se révoltera encore devant l'exploitation des peuples pauvres lorsqu'elle découvrira sur un marché français une étiquette « *Haricots verts du Burkina Faso - 24F le kg* » !

*

Elle ne s'est pas envolée tout de suite vers son univers familier. Peur de retrouver trop vite une solitude qu'elle avait fuie, qui l'avait taraudée à nouveau dans ces derniers jours difficiles à Ouagadougou ? Peut-être... C'est l'Ecosse qui l'a accueillie dans sa verdure et sa fraîcheur légendaires, dans la chaleur du foyer de ses enfants. Elle n'aspirait qu'à faire le vide dans sa tête, à retrouver la paix. Les mille et une attentions quotidiennes que chacun s'ingéniait à lui manifester y ont contribué peu à peu.

Transition salutaire. Elle avait besoin qu'on pense pour elle... Elle écoutait les compliments adressés de part et d'autre, mais l'impression qu'ils étaient hors d'elle, un rêve qui ne la concernait pas, encore sous le choc d'une aventure qui l'avait souvent dépassée. Des souvenirs enfouis dont elle ne parlait pas et qu'il ne fallait pas réveiller, une tranche de vie trop intense difficile à assimiler. Et petit à petit, les paroles de vérité et de délicatesse que Philippe et sa fille lui distillaient avec beaucoup de ménagements l'ont aidée à refaire surface : *"malgré toutes les difficultés rencontrées, ton travail, ton témoignage, ta découverte et ton partage de la vie avec les gens rencontrés à Gorom, Ouagadougou et ailleurs va continuer maintenant... C'est un début admirable, car ce n'est pas un retour, mais une continuation, un prolongement qui va s'ouvrir aujourd'hui pour toi..."*. Un prolongement, oui, poursuivre le partage, bien sûr, mais aura-t-elle le courage d'entreprendre une autre bataille pour continuer sa deuxième vie si richement mais durement débutée ?

Elle n'a pas eu le temps d'apporter de réponses à ses incertitudes. Anne, sa grande amie du Sahel, sa compagne des nuits sous les étoiles, Anne qui a partagé ses extraordinaires découvertes, comme les moments les plus difficiles, Anne lui envoie une lettre de sa maison de la Drôme dont elle lui parlait si souvent dans leurs causeries au clair de lune. *"Je reçois chez moi pour quelques jours Koudbi Koala et sa jeune troupe qui font une tournée dans la région. Je t'invite à venir partager avec nous ces riches moments et je serai heureuse de te faire découvrir ma maison."* Koudbi Koala ! Leur rencontre dans son bureau du *Point Mulhouse*, sa maison au portail bleu surgie de la nuit du *secteur 10*, son école si sommaire entrevue sur la colline brûlante. Une invitation qui réveille ses énergies passées, confirme les paroles pleines de sagesse de ses enfants.

Encouragée, soutenue, portée par tous ceux qui l'aiment, elle s'envolera vers cette continuité, ce prolongement qu'ils lui avaient prédit.

L'avion la conduira à Lyon pour de joyeuses retrouvailles avec Anne. Premières découvertes de cette région aux horizons montagneux. La ferme est plantée dans un décor où règne une harmonie de fleurs, de verdure et d'ombrages. Nouvelle rencontre avec Koudbi Koala. Même rire franc et sonore, même chaleur communicative, comme il inspire confiance ! Elle fait connaissance avec la jeune troupe des SAABA, découvre son spectacle, partage son enthousiasme, et prend part aux danses endiablées de fins de spectacle... La maison d'Anne, ouverte, où Claire retrouve des représentants d'ONG rencontrés à Ouaga, dans son bureau, Georgette, du Ministère de la Question Paysanne au Burkina, invitée aussi... L'Afrique autour de la grande table de pierre, au milieu des roses trémières.

Comment résister à ce nouvel appel, à cette nouvelle expérience que Koudbi lui propose : poursuivre avec lui le travail commencé dans son école, là bas, dans la poussière du 'secteur 10'... former les moniteurs qui s'occupent des enfants, sauver des jeunes gens d'une délinquance qui les guette en reprenant avec eux des études abandonnées faute d'argent.

Un travail passionnant en perspective, dans son domaine, où elle ne sera plus seule à faire face. Elle entrevoit déjà un partage chaque jour renouvelé au sein d'une équipe solide, soudée, Koudbi et Yvon à ses côtés.

Quelques mois plus tard, elle reprendra ses valises pour cette nouvelle aventure longue, très longue, de plusieurs années dont les prolongements conditionnent encore sa vie actuelle[16].

---

[16] Lire *L'Ecole du Manguier*, Editions L'Harmattan

*

Depuis treize ans, depuis son premier départ de Marseille jusqu'à cette année 1998, où elle a décidé, au calme, d'écrire à nouveau, Claire ne s'est pas vue vieillir. Elle n'a pas assisté au déclin de sa vie, elle n'en a pas eu le temps. S'engageant pleinement dans tous les projets qui se présentaient, elle a inconsciemment considéré que son activité ne pourrait s'arrêter, qu'un travail en entraînait un autre comme une vis sans fin. Elle se rend compte aussi que, depuis cette époque, elle a choisi de ne pas se fondre dans l'univers des retraités. Elle s'est retrouvée dans un milieu de jeunes, d'horizons divers, qui lui communiquaient leur foi dans l'avenir, entretenaient la jeunesse de son esprit. Elle partageait enthousiasmes et projets. Ils lui accordaient une grande confiance.

Et, comme pour prolonger cette jeunesse qui semble la porter, son fils lui a donné une petite fille, Marine, qui fait sa joie. Elle a huit ans maintenant. Claire était en Afrique quand elle est née, appelée auprès d'autres enfants qui avaient besoin d'elle !

A l'annonce de la nouvelle, elle s'est adressée à un jeune peintre du 'secteur 10' de Koudougou, dont elle avait admiré les superbes peintures naïves. Il exerçait son talent dans son atelier, cube de terre au toit de tôle, quand il n'était pas en tournée sur les routes de France, avec la troupe des SAABA.

"Alpha, j'ai une nouvelle petite fille. J'aimerais que tu fasses pour elle un joli tableau que je lui ramènerai." Enthousiaste, il lui répondit : *"Donne-moi de l'argent, je vais tout de suite au marché acheter du tissu et je me mets au travail".* Deux jours plus tard, Alpha revenait avec sa toile : un bel enfant assis entre les deux ailes d'un cygne qui

voguait sur une eau bleue. *"Tu vois, Claire, j'ai peint cela car un enfant a toujours besoin de sa mère pour traverser la rivière de son enfance jusqu'à ce qu'il atteigne le rivage et puisse se débrouiller tout seul"*. Superbe et original symbole de la relation mère enfant privilégiée, intime, universelle.

Encadrée, cette peinture allait trouver sa place dans la chambre de Marine, au-dessus du petit lit blanc garni des premières peluches. En découvrant ce beau bébé qui grandirait dans un environnement de confort, de soins et d'hygiène, Claire ne put s'empêcher de revoir les bébés africains apprenant dès leur plus jeune âge, sur le dos de leur mère, les gestes quotidiens nécessaires à la vie, ou bien accrochés à des seins trop flasques... ou encore partageant la natte maternelle sur le sol de la case. Devant cette injustice dont elle avait été si souvent témoin, Claire sentit la nécessité de placer auprès du dessin d'Alpha la *Charte des droits de l'enfant*. Un message d'espoir, de justice et de partage qu'elle adressait ainsi à sa petite Marine.

*

Elle retournera là-bas, à Koudougou, pendant plusieurs années, et repartira à la saison où la chaleur, la poussière et la sécheresse l'accableront trop. Elle y fera un travail passionnant auprès des jeunes. Mais elle se sentira toujours tellement privilégiée. A son départ, ils délaissaient leur stylo pour attendre la pluie, prendre la daba, semer, surveiller les premières pousses dans la moiteur étouffante de la saison humide. Elle retrouvait les vacances, sa fraîcheur océane, sa maison, ses bouffées de résine.

Elle jouissait pleinement de ces retours aux sources, c'était un perpétuel enchantement de fouler à nouveau le sable doré, de goûter l'ombre des tamaris. Sa petite Marine goûtait à son tour aux plaisirs de la plage. Claire lui laissait volontiers partager rires et jeux avec Bastien, grand frère à qui elle vouait une admiration sans bornes. Et quand ses grandes cousines d'Ecosse partageaient à leur tour ses jeux d'eau et de sable, la joie était à son comble. Claire leur passait volontiers le relais, un relais naturel, la primauté de la jeunesse. Allongée sur le sable, à l'ombre d'un parasol, elle fermait les yeux et retrouvait les murs surchauffés du Centre à Gorom Gorom. Les accents de sagesse de Pierre prenaient à ce moment-là tout leurs sens : équilibre de la vie, pérennité de cette vie, renouvellement constant, vieillesse qui s'approche, jeunesse qui monte... Elle ne se sentait pas triste, mais en paix avec elle-même. Elle avait besoin de ces longs moments de détente.

Quand tous ses enfants étaient repartis, elle reprenait ses promenades solitaires dans son décor familier. Elle aimait se fondre dans des ballets de mouettes, qui la frôlaient, silencieuses et enjôleuses. Elle aimait entendre le vent dans sa pinède, retrouver ses odeurs de sable chaud. Elle avait besoin de raviver son courage pour repartir vers cet univers de misère, de sécheresse où l'élément liquide, étalé là sous ses yeux, lui manquait tant ! Mais on avait besoin d'elle encore, tous l'attendaient, là-bas. Et quand le moment du départ devenait inéluctable, elle ne songeait plus qu'à toutes les amitiés retrouvées, à toutes les attentions dont elle allait faire à nouveau l'objet, à la vie intense qui allait reprendre.

Quand elle relit des lettres de cette époque, précieusement conservées, elles lui confirment que cette vie aura été riche non seulement pour elle, mais aussi pour ceux auxquels elle s'est efforcée de transmettre son savoir : *"Tu leur as appris à travailler, à être exigeants par rapport à eux-mêmes et je crois que c'est la règle fondamentale de tout apprentissage... Je ne peux oublier Colette assise à l'ombre d'un mur et travaillant par terre tes exercices de grammaire... La manière dont ils parlent de toi, le regard qu'ils portent sur toi, sur ton travail, cette rigueur qu'ils acceptent, qu'ils semblent complètement intégrer dans leurs démarches de travail... c'est cette relation de confiance, de respect et d'exigence que tu as établie entre toi et les jeunes avec qui tu as travaillé... rentre tranquille, tu leur as fait le plus beau des cadeaux : apprendre aux autres qu'ils peuvent apprendre, c'est plus important que n'importe quoi..."*

*

Petit à petit, à son insu, sur son exemple, des instituteurs burkinabés à la retraite ont compris le service qu'ils pouvaient apporter, eux aussi, à tous ces jeunes déshérités. Alors elle s'est effacée, après trois années scolaires, pour le bien du pays qui se prenait en charge. Profondément touchée par tous les remerciements, les manifestations de reconnaissance à son égard, que d'émotions et de chagrin ont accompagné cette séparation !

De retour en France, spontanément, elle a voulu témoigner. Elle ne pouvait garder pour elle seule les émotions, les révoltes devant ce monde d'injustice, devant cette misère digne. Plus encore, elle souhaitait rendre hommage à un peuple trop facilement décrié, à ces jeunes pleins de promesses mais soumis à un avenir tellement incertain, dans un monde dur et hostile, où survivre est une priorité.

Alors, elle est repartie vers Anne, sa grande maison dans la Drôme, vers Anne qui la comprendrait, témoin privilégié de ce qu'elle avait vécu. Une envie peut-être de ne pas rompre trop vite les liens si forts qui la rattachaient encore à cet univers envoûtant du Sahel... ?

Là, elle s'est mise à raconter. Les mots qui couraient sous sa plume la soulageaient, elle laissait remonter ses souvenirs, les moments intenses vécus. Elle libérait son cœur. Elle rendait en même temps un hommage à Koudbi Koala, à son charisme, à sa volonté exceptionnelle pour mener à bien l'œuvre entreprise.

Alors une nouvelle aventure s'est enchaînée : la publication de son premier livre. Claire n'aurait jamais imaginé qu'un jour elle serait amenée à retoucher ses propres écrits, rencontrer des éditeurs, faire des allers et venues à Paris pour aboutir un jour à cette naissance. Koudbi Koala était à ses côtés pour la présentation de son ouvrage à l'Ecole Internationale de Bordeaux. Ses enfants, ses petits-enfants étaient tous autour d'elle dans ces moments de bonheur. Reconnaissance de la mairie d'Arcachon, incrédulité en voyant plusieurs exemplaires exposés dans la vitrine d'une librairie de la ville, posés sur de magnifiques pagnes africains. Etonnement d'entendre le libraire lui dire : *"Il ne manque qu'une poupée africaine !"* Et spontanément Claire s'était écriée : *"Mais, j'en ai une !"* Et c'est ainsi qu'en cette année 1994, la poupée noire ramenée d'Afrique par son père lorsqu'elle avait quatre ans trôna auprès de son premier livre ! Soixante-dix ans séparaient ces deux événements si différents dans l'esprit.

Puis, tout une année un peu irréelle faite de déplacements, d'invitations, de présentation du livre, de dédicaces. Elle retrouvait ses amis d'AGIR et leur soutien sans faille aux quatre coins de la France où on l'envoyait dans les diverses délégations. Très émue par toutes ces amitiés, les lettres pleines d'affection d'amis ou d'inconnus qui avaient apprécié ses écrits. Emue aussi par la reconnaissance de ses collègues africains qu'elle allait revoir de temps à autre, sur place, pour les aider encore, si c'était nécessaire, fiers que leur œuvre si belle ait été *"immortalisée"* comme ils se plaisaient à le dire... Un tourbillon de vie qui l'avait prise au dépourvu, des écrits dont elle n'aurait pu prévoir les conséquences...

*

Alors que l'enrichissement de sa propre vie la comble, elle se réjouit aussi de la nouvelle orientation de vie choisie par son fils. Amoureux du Bassin, il a décidé de s'y installer et d'en vivre. Le Bassin, ce site exceptionnel, joyau naturel. Il souhaite travailler à sa protection et à son entretien. Claire l'encourage. Elle est toujours émue de le trouver dans ce décor de ports ostréicoles. Il nettoie, casse les épaves abandonnées, rénove les cabanes, travaillant auprès de 'paysans de la mer' dont il s'est fait des amis. Claire découvre grâce à lui un monde qui lui était peu familier : le retour des ostréiculteurs sur leurs chalands chargés d'huîtres. Dans les viviers du port, celles-ci dégorgent et sont alors prêtes à la vente. Les tuiles sont chaulées pour la collecte du naissain. Dans les petites cabanes de bois, on travaille en famille, on détroque[17], met en poches, nettoie, trie, calibre les huîtres du Bassin. Une vie locale où l'huître est la raison de vivre.

Son fils prend plaisir à lui faire découvrir la Leyre, ce petit fleuve côtier né dans l'alios de la forêt landaise, sauvage et protégé, descendu chaque été par des canoéistes amoureux d'une nature vierge. Au printemps, avec son équipe, il dégage le cours d'eau des encombrements apportés par l'hiver, participant ainsi au développement d'un écotourisme estival. Elle aime remonter avec lui, dans sa petite barque blanche, l'enchevêtrement sinueux des *esteys* de son delta, à la rencontre des marées. Les basses eaux leur laissent découvrir les estrans recouverts d'herbes vaseuses, paradis des aigrettes, foulques, busards, milans... Majestueux et surprenants dans ce décor, des colonies de cygnes glissent au fil de l'eau. Sur le sentier littoral longeant le parc ornithologique du Teich, ils se laissent toujours surprendre par le passage de hérons

---

[17] Grattage du naissain accroché sur les tuiles

cendrés, spatules, ou marins pêcheurs. Des canards de toutes espèces se laissent porter, paisibles, dans le silence du lieu, entre roseaux et cotonniers.

Basané par le vent et le soleil, hiver comme été, il est toujours prêt à s'émerveiller d'un matin lumineux dans les ports qui s'éveillent, ou des premiers oscillations des bateaux échoués dans la vase quand la marée montante clapote autour d'eux. Et quand le soir, fourbu, il retrouve sa grande maison à la lisière de la forêt, où Marine s'épanouit, il jouit du vent dans la pinède et des mêmes senteurs qui le grisaient autrefois, à chaque arrivée dans la maison de sa mère.

Combien Claire est heureuse du choix de son fils qui a été le sien, il y a bien longtemps déjà ! Et puis, dans sa vie qui s'étire, en finira-t-elle avec les émotions qui l'assaillent encore et les projets qui s'enchaînent toujours ?

Emotion profonde des retrouvailles avec son petit bonhomme chéri venu partager quelques jours dans la grande maison de son père... Cet enfant qu'elle n'a pas vu grandir, si loin d'elle et qu'elle a retrouvé, devenu homme, fier de lui présenter sa femme, ses jumeaux, adorables bébés, les premiers arrière-petits-enfants de Claire... Ils sont repartis vers leur pays lointain, mais pensent très fort revenir vers la France... Mais le temps sera long pour reconstruire une vie... aura-t-elle le temps de voir ses petits, comme leur père, courir le long des franges d'algues vertes ou recueillir leur moisson de coquillages pour leurs châteaux de sable ? Le maillon manquant de la chaîne a été retrouvé. Aura-t-elle le temps de le voir s'ancrer solidement à la chaîne familiale reconstituée ?

*

Un voyage brusque et inattendu en Ecosse a fait ressurgir en Claire des souvenirs enfouis de son passé douloureux. Le père de Ian, le merveilleux grand-père écossais de sa petite Isabelle, puis de Marie vient de mourir. Elle a voulu partager avec ses filles ces moments de peine vécus par sa femme avec la même dignité qui avait tant émue Claire à la mort de Ian. Elle avait toujours admiré l'indéfectibilité de ce couple que la mort, seule, venait de séparer. Devant cette terre ouverte, face à la plaque funéraire où le nom de Ian rappelait si fort cette jeunesse fauchée, sa fille pleurait à nouveau son premier amour perdu. Elle y associait le père de Ian, qui l'avait toujours considérée comme son enfant et n'avait souhaité que son bonheur. Mais Claire savait que sa fille pleurait aussi la perte probable de son bonheur actuel bouleversé par des rencontres imprévisibles. Elle était très proche d'elle et mesurait toute la fragilité d'un bonheur que l'on souhaiterait indestructible. La gorge de Claire se nouait devant le chagrin de sa fille, blessée et malheureuse une fois encore. Ce couple qu'elle affectionne si fort, si proche d'elle dans le cheminement de sa seconde vie, elle se refuse, dans son esprit, à le dissocier. Il ensoleille sa vieillesse et Claire se sentirait trahie elle-même par sa perte.

Et pourtant, si cette perte s'avérait inéluctable, son souhait le plus ardent serait que sa fille retrouve très vite ce que Claire a tant souhaité pour elle-même et qu'elle écrivait dans le petit port breton où elle cachait sa détresse : " *J'ai besoin d'être deux pour penser et pour vivre, j'ai besoin d'un geste, d'une main qui se pose, d'un sourire complice, d'une épaule où poser ma tête...*"

Car le bonheur perdu d'un couple, Claire ne l'a jamais retrouvé en dépit d'une vie débordante. Sa seconde vie semble s'être inspirée de l'enseignement de Pierre Rabhi. Elle en a reconstitué l'humus à partir d'éléments décomposés, disséminés. Peut-être était-ce une terre stérile qu'il fallait amender ? Peut-être lui manquait-il quelques ferments activés plus tard ? Mais le désert d'alors, elle ne le sentait pas. Dans un couple amoureux, la plénitude de la vie vécue à deux et pour deux est-elle conciliable avec la recherche individuelle de ses aspirations profondes ? Pour Claire, cette quête s'est faite dans sa solitude, à son insu. Elle lui a fourni l'élan du départ et les enchaînements l'ont souvent dépassée, confondue.

Cette qualité de vie retrouvée, néanmoins, l'apaise, l'aide à vivre ce moment où la vie s'amenuise, vous échappe...

Epilogue

Trente ans ont passé depuis ce jour où elle avait dû partir chercher un coin de terre où cacher son désarroi, un lieu de vie pour elle et sa fille. Son instinct l'avait poussée vers ces rives marines qu'enfant déjà, elle goûtait avec bonheur. Sa nouvelle vie s'y était construite. Plus tard, alors qu'elle avait choisi de partir vers ces pays lointains afin de briser une solitude intolérable et redonner un sens à sa vie, elle y revenait par étapes, se ressourcer pour l'aider à de nouveaux départs. Elle retrouvait son courage dans la senteur des genêts, le vol des oiseaux de mer, les miroitements de l'eau...

Aujourd'hui, ses promenades solitaires se font plus lentes. Apaisée, elle rêve encore d'un compagnon de route qui les partagerait. Mais ses souvenirs se bousculent et le rêve s'éloigne. Les visages de ses amis l'accompagnent. Des souvenirs, des moments intenses l'emportent très loin de son rivage. Elle revit aussi les dernières retrouvailles, imprévisibles : Fatou dans sa maison, un rêve inespéré... Cette rencontre inattendue, récente, et la réalité, énoncée, qui la comble : les méthodes de Pierre Rabhi, toujours à l'honneur dans les villages du Burkina !

Même la fin de vie de Daniel la laisse indifférente... Ni haine, ni esprit de revanche ne l'habitent. Ce qui la rattache encore au Daniel de son premier bonheur, c'est le triste regret que ses petits-enfants n'aient pu jouir de sa tendresse, de sa culture et de son érudition. Un grand-père vivant mais inexistant. Ce n'est pas l'image attendrissante et rassurante de tous ceux qui, au déclin de leur vie, savent retrouver auprès de leurs petits-enfants un amour limité dans le temps, amour auquel ils ajoutent, alors, indulgence et pardon que les petits guettent avec une tendre complicité...

La vie de Claire s'achemine vers son déclin, son âge est là pour le lui rappeler, malgré la vitalité qui l'habite encore.

Elle souhaiterait tant, dans un futur qui s'approche, lucide et libre jusqu'au bout, ignorant sa fin proche, pouvoir dire encore, à la tombée du jour... *"C'est assez pour ce soir, je continuerai demain..."*

Collection Écritures
dirigée par Maguy Albet

Dernières parutions

LAUNAY Serge, *Les chiens de Ghriss*, 2000
LABBÉ Michelle, *Le marin d'Anaïs*, 2000.
BOUYGUES Claude, *De parts et d'autres*, 2000.
POUYTES Jean-Louis, *Jean Le Baptiste,* 2000.
COHEN, Daniel, *D'humaines conciliations,* 2000.
JURTH Bernard, *Les graveurs de mémoire*, 2000.
CREPIN Elisabeth, *Au jardin des roses,* 2000.
CLOAREC Françoise, *Un voyage en soi,* 2000.
KARENINE Vim, *Graffitis*, 2000.
DEMART Monique, *Flocons de soi*, 2000.
BONNEMEN-BÉNIA Geneviève, *L'âme enchantée*, 2000.
AOUAD BASBOUS Thérèse, *Des Mots et des Hommes*, 2000.
GATARD Christian, *de Conchita Watson, le ciel était sans nouvelles,* 2000.
ALVADO Hervé, *Cinq semaines dans la vie de Jules*, 2000
DONZELOT Myriam, *Le second souffle*, 2000

598554 - Février 2015
Achevé d'imprimer par